GELLU NAUM · BLACK BOX

Gellu Naum

BLACK BOX

Poeme

Aus dem Rumänischen von
Oskar Pastior und von Georg Aescht

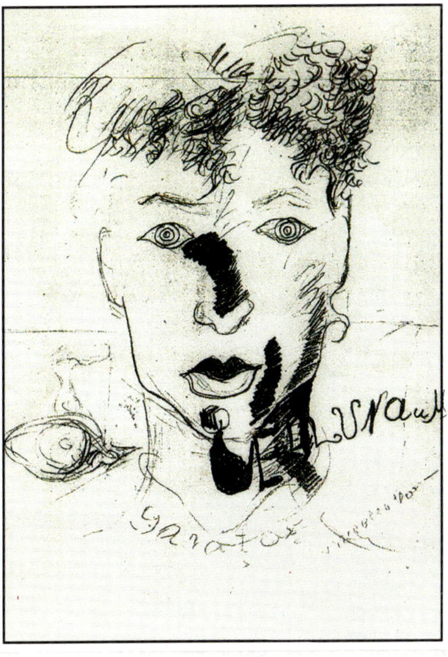

Wieser *Verlag*

Editorische Notiz

Black Box ist eine Sammlung Poeme, die Gellu Naum im Dezember 1992 in Bukarest aus seinem gesamten poetischen Œuvre für diese erste deutschsprachige Buchausgabe ausgewählt hat und nicht strikt chronologisch gereiht hat. Vom Autor aufgenommen wurden dabei einundfünfzig Gedichte, die Oskar Pastior über die Jahre für sich übersetzt hat und nun für dieses Buch gesammelt zur Verfügung stellte. Sie sind en bloc im ersten Teil des Buches abgedruckt. Die übrigen Poeme wurden nach der Auswahl des Autors von Georg Aescht übersetzt. Jahreszahlen bezeichnen den Zeitpunkt der Niederschrift der Poeme. Im Inhaltsverzeichnis und in der Bibliographie finden sich Angaben zu Büchern und Zyklen, denen die Texte entnommen sind.

Frontispiz:
Gellu Naum, Porträtzeichnung von Victor Brauner.

Herstellung un Druck des Buches wurden unterstützt vom
Bundesministerium für Unterricht und Kunst.

1. Auflage

Lektorat: Ludwig Hartinger
Umschlaggestaltung: Matjaä Vipotnik
Typografie: TextDesign Tripolt, Klagenfurt
Druck: Tiskarna Ljubljana

ISBN 3 85129 102 6

BLACK BOX

I. ÜBERSETZUNGEN VON OSKAR PASTIOR

Die Genauigkeit des Schattens

JEDER MUND TRIEB Triebe nach dem Orbit einer Sonne, deren Rauschen man jedenfalls deutlich vernahm.

Beim Anspiel wartete der Würfel noch. In seinen Augen, unter nebelhaften Verwerfungen und Treppen ohne Anfang, blitzten unsere Totalansichten auf. Wir wußten noch nicht, aus welchem Bein er geschnitzt war, aber wir fühlten die Verwandtschaft und akzeptierten das quadrierende Rollen dieses brutalen und Ruhe verströmenden Bruders.

DIE MAUER

Ich hatte eine Mauer
ich hielt sie vors Gesicht sie blendete mich
ich horchte dran und wurde taub
an sie gelehnt war ich ausgezehrt

Reichte ich ihr die Hand – schlug sie mich
wollte ich an ihr vorbei – demütigte sie mich

Sie war groß und fliederfarben und rechteckig
ein großes fliederfarbenes Rechteck von Mauer
mit einem einzigen Fenster – ein Rechteck

Im Kern war sie scharf auf den Widerhall
der mit Worten zermalmten Zähne

HÄUTE

Die Stadt war nur das eine Haus
das Haus war nur der eine Raum
der Raum war nur die eine Wand
die Wand war nur die eine Uhr
die eine Uhr ging mit dem
einen Zeiger nur
in einer Sprache

Während der ganzen Zeit wuchsen
und wuchsen die Kinder und stellten
nur die eine Frage während die
Erwachsenen ratlos und großartig lächelnd
schrumpften und schrumpften

MÖBIUSSCHLEIFE

Meine linke Hand und mein rechtes Auge
mein linker Handschuh und mein rechter Stiefel
meine rechte Leuchte und mein linkes Pferd
mein linker Apfel und meine rechte Stimme
mein rechter Rock und mein linkes Ohr
meine linke Mütze und mein rechtes Ohr
mein rechter Schlüssel und mein linker Läufer
undsofort undsoweiter

FILTER

Anfangs waren wir noch viele
doch hin und wieder hat dann
einer durchs Schilf gelugt

Das Schilf hat ein wenig geschaukelt
von der Hüfte aufwärts geschaukelt
und wie trockene Schottersteine
an die Bohlen geklopft
ringsherum hallte das Licht
an der einen Wand war es kalt
mit übergeschlagenen Beinen
thronte ein Stuhl

Anfangs waren wir noch viele
doch hin und wieder hat dann
einer durchs Schilf gelugt

DAS ZIMMER

Es war ein sehr leuchtendes Zimmer
Alles sehr leuchtend – und mitten im Zimmer
ein mit Wasser gefülltes Klavier

Ein innen sehr leuchtendes Zimmer
mit einem außen sehr leuchtenden Klavier

Und inmitten jenes
innerhalb des Zimmers außerhalb des Klaviers
naß wuchernden Getöns
war ich in meiner über Rot und Schwarz
und Violett hin zu sehr Weiß aufglühenden
mineralisch-akustischen Panzerung
innerlich wie äußerlich
sehr leuchtend

ALTE RECHNUNG/TALION

Auge um Nase Blume um Zahn
Pferd um Blut Mann um Maus
und dann jenes unentwegte Haus
und das Filzmesser aus Wasser
und der Nebel in vielen Schubladen
und dieser Stuhl da diese Tugend da
und ganze Schachteln Briefe voller Laub
und die Beine und die Schuhe und die Melancholie
und ein paar Wörter in der hölzernen Trommel
und dies Woher und Wieso und Warum

und wie eines ums andere dann
alles in allem
kompensierte aufwog beglich

Das Zimmer mit dem Nebel

JEDEN MORGEN WARTETE sie auf ihren hänfenen Liebhaber, der nie zu kommen vergaß.

Er sagte ihr, daß man auf jede Art und Weise gehen kann, selbst mit Schnee auf dem Mund; daß in seinen Fingern Tausende von Toten und von Lebenden seien, sozusagen eingeschmolzen; und daß er sein Hackebeil, das zum Verlieben diene, zurückgelassen habe, als Stirnstütze an einem Nußbaum.

Als er bei den unruhigen Stieren vortrug, kalbte ein Auto.

Diese Pflichtübungen fanden manchmal auf einem Feld unter prallem Schweigen der Sonne statt, wodurch der Schatten, den seine Stimme warf, sich vertiefte.

MEINE GROSSE SCHWESTER

In den Quitten vor dem Fenster
höre ich sie abends atmen
Oft steht sie auch draußen am Zaun
um den Nachtfrost zu scheuchen
Hat sie das Gras schlafen gelegt
kommt sie mir die Sohlen puhlen
Sie zieht Splitter heraus
ich kriech in mein Schneckenhaus

Ihre strengeren Dreiecke nehme ich
respektvoll nicht zur Kenntnis
(jungfräulich umfängt mich ihr
letzter Busen bemutternd)
und Phallisches murmelnd erröte ich
wenn ihre Schritte mir laut
unter die Haut gehen

Auf dem Feld wenn die Hitze brütet
spannt sie einen Schirm über mich
In dieser luftigen Intimität
fangen dann unsere Eltern
sich wieder zu lieben an

ZYKLUS

Jeden Herbst und jedes Frühjahr
zog mein Großvater mit seinen Schafen
durch die Südkarpathen
hin und her
nach den geheimen Migrationsgesetzen
die im Bääääh der Schafe ihren Ausdruck fanden

Eines Tages waren alle Schafe tot

In der Einsamkeit der Transhumanz
sind meinem Großvater zwei lange Schnurrbartenden
gewachsen
so daß er schließlich eine Herde weißer Steine
vor sich hergetrieben hat

Er selber ist dann auch gestorben
die Schnurrbartenden sind ihm noch länger gewachsen
die Steine sind ihm unter die Erde geraten
wo sie nun an seinen Schnurrbartenden grasen

HENNENERSCHEINUNG

Manchmal zeigt eine große Henne sich am Himmel
einige grüßen sie mit Respekt
und verschnüren sich in ihr Gewölbe

Weil man aber auch vor dem Herbst
in große Panik kommt
treiben um sie zu beruhigen
einige es miteinander
bei den Schafen auf dem Feld
und behaupten dann es sei gar keine Henne
sondern bloß der Inbegriff des Weiblichen
freilich ein sehr großer Inbegriff
mit Winden ums Haupt und Wassern um die Brust
doch nie und nie imstande die Sonne zu schlucken
Andere behaupten fest es sei der Inbegriff des Männlichen

Ich und mein Buckliger im langen Rock
picken uns die Körner weg
und wissen von nichts

JENES HAUS

Schließlich hatten wir uns alle
in dem Haus versammelt

Ein Haus mit zwei Zimmern mehr weiß ich nicht
ich an der Tür (das Gesicht nicht zu erkennen)
sagte zu ihm er solle jetzt lesen
(er sagte er würde schon lesen und
ich sagte das wäre dann *ganz was anderes*
und er fing an und las)

Las stockend und mit langen Pausen
in seiner Sprache die niemand kannte
sie folgte den Worten auf transparentem Papier
(die Worte hab ich vergessen
nicht aber den Ernst mit dem er las
nicht aber das Wort Facilaniham
mit langen Pausen und dem Ernst mit dem er es las)

Er hielt ein und sagte
Facilaniham das seid ihr
sie sagte das sind nicht wir
denn wir sind da wo die Rede vom Glockenhaus ist

Ich war an der Tür und spitzte die Beine

Hier sagte sie zu mir
komm an meine Seite und leg dich zu mir
öffne das Fenster und leg dich zu mir
(ich ging an ihre Seite und legte mich zu ihr
öffnete das Fenster und legte mich zu ihr
doch mit mir kam die Angst zu mir
und legte sich zu mir

war zwar nicht Teil des Hauses
doch legte sich zu mir)

Er sagte ihr seid meine Freunde
man hat euch all die Jahre im Glockenhaus geschlagen
und zwar so arg geschlagen daß selbst die jungen Glöckner
entsetzt davongelaufen sind
(eine Erklärung welche mir unsinnig vorkam
er stand neben mir und sagte
was kommst du nicht herein was schließt du nicht die Tür)

Ich trat ein schloß die Tür
hörte ihn mit fremder Stimme fremde Dinge sagen

(kannte gleichwohl auch seine andere Stimme
und dachte drüben habe sich ein anderer
dafür hingelegt um für uns Platz zu machen)

Hier sagte sie zu mir
komm an meine Seite und leg dich zu mir
öffne das Fenster und leg dich zu mir
(ich ging an ihre Seite und legte mich zu ihr
öffnete das Fenster und legte mich zu ihr
doch mit mir kam die Angst zu mir
und legte sich zu mir
und war nicht Teil des Hauses
und legte sich doch zu mir)

Das gezähmte Dreieck

WIR LIESSEN UNS leiten von der unsicheren Spur, die die Rotation der Blüten der Luft hinterläßt. Die exemplarische Vergangenheit der Steine faszinierte uns. Auf hohen Steilufern gab es Sandschichten, deren unbewußte Nacktheit sich auf natürlichem Wege in die Geometrie unserer Intimität einschlich.

Seither hält linkische Einsamkeit (oder auch ein Lämmchen mit Katzengebiß) uns den blauen Pollenflug der Liebe intakt.

DOPPELSPIEL

Im Namen der Fruchtbarkeit
rollt sie ihr Lächeln spiralförmig ein
steckt es weg in ein schlafendes Schneckenhaus

Wie doch ein Hüllblatt
durch vehementes Zusammenfalten
an Fülle gewinnt

Da ich ein Adept der großen
wortlosen Beziehungen bin
(andere setzen auf die Luft
die sich für blaue Leintücher
und als Schmelztiegel eignet)
schau ich lieber was in den Steinen
an unzerstörbarer Natur noch steckt
und die Gräser unterstützen mich

während im Wasser schon mein kopflastiges Messer
den Fischen zur Eisernen Hochzeit blitzt

JEDES MAL

Seufzt das Holz aus tiefster Faser
sucht ein Vogel im anderen Vogel Schlaf

Hat die Säge sich an Menschenfleisch befleckt
geht sie der luftigen Akazie ans Holz
Am Teich zwischen Draht und Wasserlinsenspiegel
treibt ein Tischler Nägel ins Wasser

O meine Liebe mit den Bumerang-Augen
jedes Mal wenn die Lokomotive pfeift
ahnen wir unterirdisch rollend die
nahenden Schneemassen

ADLER IM URLAUB

Wenn im August sich die Stiere am Himmel drängen
segelt in der Nachbarschaft ein Adler zur Erde
und kündigt mir telephonisch seinen Besuch an

Von Feuern gezeichnet und eine schwarze
Heiterkeit auf den Federn kommt der
bewundernswerte Pyromane mir ins Haus
er ist erregt unabwendbare Brände stehen bevor
Als Kartesianer einer rauhen Schule
geht ihm mein Schweigen gegen das Gefieder
doch er weiß daß wir das gleiche Zeichen
unter dem Augenlid tragen und
auf den Knien ein gleiches Gold

Beide Mensch und Vogel führen wir
in Lehnsesseln ein langes Gespräch
und zwischendurch muß meine Geliebte
hin und wieder mit ruhiger Hand
das belebende Urbild der Nacht beschwören

Natürlich könnte ich ihm berichten
daß ich eine Bohnenstange in den Nebel
gepflanzt habe und daß der Fischotter
gestern Nacht schon wieder nach mir schrie
könnte ihm die vierte Botschaft des Maulwurfs
wie die kluge Antwort der Brennesseln zeigen
doch wahrscheinlich sind meine Gefilde
für ihn ein fremder Archipel
denn langsam winkt er mit brennendem Flügel ab
und flüchtet sich in die strikte
Geometrie des rastlosen Geistes

In getrennten Lehnsesseln
unterhalten wir uns beide noch lange
draußen läßt die Nacht meine Hunde rosten

MUTTER DER DINGE

Der Tisch hat mir auf die Finger geklopft
die Leiter hat mir den Rücken gekehrt
dann sangen ein paar Mädchen
das Wasser wurde rot

Mutter der Dinge was haben sie gegen mich
ich sage Tisch Bett Vorratskammer
doch in der harschen Poetik unserer Beziehungen
muß ich das Brot mit der Lunge schneiden
Brennholz mit der Zunge spalten
und mit den Ohren Wasser holen gehn

Armes Scheit Holz aus dem Schuppen
das mit den Bäumen zu spielen ich hintrug
ein paar Mädchen sangen
wir waren allein dort bei den Bäumen
ich brav abseits und rauchte

ATHANOR

Mit einem vor viertausend Jahren
niedergebrannten uralten Blinzeln

Raschelt hin wie Asche durch das
erloschene Gedächtnis des Feuers
zu den Tätowierungen im Kalkstein
durchzieht mit hellen Wassernetzen
den Sandboden und im Geröll
schlängelt es vegetabilisch

Das Sausen von Eimern wenn sie in Brunnen fallen

Dies alles aber abgespielt und zugetragen
am Wegrand unter einer Quecke
bis eines Tages er zum Vorschein kam
und um sich lugte

Da oben saßen wir mit aufgespannten
Ringellocken an den Rebstöcken

Von der Kalkgrube war nicht mehr viel übrig
und im Nebel spazierten drohend
die Vögel des Schlafs

Wir wehrten uns nach Kräften
er stützte uns mit den Augen

JAHRESZEIT

Zum weiß Gott wievielten Mal
hatte der Himmel wieder
in der Schnauze eines Füchsleins Platz

Ich saß auf einer Zementtreppe
mit Maikäfern im Gesicht
die gelbe Blume schaukelte
ein Spalt lief durch den Stamm
während sieben alte Männer
mit sieben alten Kellen
leise ans Tor bumperten

Dessenungeachtet breiteten unsere Finger
in dieser kompakten Stille Leintücher aus
und durch die Mauer legten wir
die Oberkörper aneinander
bis auf den Wangen weiß
die gleichen Zeichnungen waren

Geh küß den greisen Männern die Hand
sie haben Gülle gebracht Pferdegülle
zur Unkrautvertilgung
küß ihnen die Hand und sag mit
meiner Stimme ich sei gerade noch
auf einer Zementtreppe gesessen
das sollst du ihnen mit
meiner Stimme sagen

Sie werden den Kopf schütteln
und vors nächste Tor ziehen
während wir pausenlos schweben
immerzu in der Schnauze eines Füchsleins

ANFANG UND MITTELPUNKT

Wir hatten es akzeptiert
daß alle Dinge uns liebten

Hart und zerbrechlich
auf ihren Ebenen
waren wir
wenn das Gemüse wuchs
froh
es anständig bewässert zu haben

Bis in den Abend hinein
gehorchten die Geräte
was für Augen kommen da ins Gespräch

Umringt von schuppigen Zentauren
dösten die Fischer
Vom Ufer sahn ganz andere Augen auf sie her
und Platon mein obskurer Gaul
fanatisierte die Grammatik

DAS GEZÄHMTE DREIECK

Ein paar zerknüllte Reden im rechten Aug
eine Träne im Mund ein Geräusch auf der Schulter

Das ist natürlich nur eine Reise
von Gut nach Böse von Kalt nach Warm
innerhalb dieses vernagelten Kahns

Vielleicht spielt sich alles in einer Kuh ab

Der blinde Spiegel

UND NOCH DIE Hochzeitswagen, die geblümten Tapeten im Abteil, die Reisekoffer, vollgepackt mit Schmetterlingen, schienen für uns da zu sein.

Und noch die ausufernde Schlagkraft der Brücken, mit der sie ihre Wasser verteidigten, schien, o, für uns, ununterbrochene Liebe, da zu sein.

EINMISCHUNG VON TRÄUMEN IN DEN GENESUNGSPROZESS

Früh werden sie kommen die Betten frisch überziehn
und angewidert von den stofflichen Überresten
meiner erotischen Träume die Laken durchwühlen
um Spuren von dir zu finden auch den Pullover
der mich vor Kälte schützt werden sie schütteln und
seine Ärmel nach der Zartheit deiner Schenkel fragen

Die Ärmel werden wie Erinnerungsfotos schweigen
doch sie werden die Strohsäcke leeren um auf
dein Stöhnen zu stoßen ihre Augen werden noch an
lauter Abwesenheit kauen während du in eleganten
Hüpfern die ja niemand sehen kann umherschwebst
ach die braven Wirtsleute werden dich
noch in den Kissen suchen und enttäuscht
dran denken mir die Milch zu bringen

(1934)

VERLORENER HÜFTGÜRTEL

Wieder hat die Jagd begonnen
auf diesem Hippodrom der Illusion
zum Schutz der Sandbahn werden Adler installiert
du horchst das Ohr an einer Muschel
auf den Hyänenanteil im ergebenen Medium
blickst durch die Alge überm Auge
auf Schicksalslinien einer linienlosen Hand

(1940)

ICH MAG ES WIE IHR WÖLFE

Einen Vorhang noch wart ich ab eine Spinne
einen lebenden Menschen oder eine Verwundung
deine Zunge schlitzt sich ins Schweigen wie ein Stilett
Schlangen haben die Klaviere überschwemmt

mit ihrer leisen Art noch vor der Dämmerung zu sterben

(1940)

AQUATISCHES ALPHABET

Das Warten mit den Händen im Traum
Lungenflügel über Nasenflügeln
ein Vogel der ein Messer bringt

Ich zieh dich nackt aus den Flammen im Spiegel

(1940)

AUSBRECHEND DIE GEWISSHEIT

Verhaftet diesem ganzen aufdringlichen Spuk
deinem schlafwandlerischen Auf und Ab durch mich
durch die Mitte im Sprung durch die Linse
durch die Kleider mit dem reißenden Hunger
durch alle meine Koffer voller Wasser
durch den Aluminiumrand des Mundes

Da war ich und es spannten sich die Brücken
da war ich und war unsichtbar den Pflanzen
den Pflanzen die im Kreis am Platz gestanden hatten
mit Ihrem Hunger unerhört auf Fleisch
Statuen erwürgend und Passanten schmeichelnd
Passanten nackt wie ein Glas Wasser da
Passanten wie ein Bündel Lanzen da

(1941)

DER BLINDE SPIEGEL

Ein Faden Blut der mir aus der Tasche rinnt
ein Faden Wolle der mir aus den Augen rinnt
ein Faden Tabak der mir aus den Ohren rinnt
ein Faden Feuer der mir aus der Nase rinnt

Du denkst vielleicht daß meine Ohren rauchen
doch die Leute auf der Straße stehn wie angewurzelt
weil heute Nacht man alle Statuen schwarz streicht
und ich nicht schlafen können werde so wie du
vor irgend einer Unruhe aus Kreide aus Schlamm
vor einer Unruhe wie ein Ofen oder wie eine Tür
oder eher wie das Maul einer Tür
und hinter dieser Tür soll ich mit dir
dann über ein Gedächtnis reden

solltest mich riechen als ein Fenster
solltest mich hören als einen Baum
solltest mich fühlen als eine Leiter
solltest mich sehn als einen Turm

(1941)

VEGETABILISCHER PHÖNIX

Weit weg in deiner Pupille
wachse ich unbewegt doch biegsam
in Kreisen einer strengen Geometrie

Dort wachs ich unter einer Rinde blinzelnd
zu dem Rohrstuhl auf dem ich schlafe
zum Stuck der lautlos ins Gras fällt
zu unseren beiden Büsten aus Hanf
und Nacktheit im Abglanz einer Rüstung dort
weit weg in deiner Pupille

(1946)

DIE BRONZEKRANKHEIT

Ein Ausschlag Bronzepusteln
die stille Metallpest um deine Lippen
ein Ballkleid mit Rüschen und ich wühle
mit Fingern aufgeschwemmt vom Regen
mit Nieselregen auf einem ganz ruhigen Gesicht
nach der Kupferkrankheit
da die Leute sonderbar um sich blickten
jedermann wütig nach jedermann biß
mit Krallen mit Nasen mit jedermanns
jedermann in jedermanns Schachtel

Kennst du die kleine Metallschlange die stille bläuliche
Quecksilberpest die uns die Zungen so verwirrt
und es gibt andere o noch andere
Menschen gibt es die im Wasser schlafen
jeder mit einem Hundeschatten
jeder mit einem Jedermannschatten
dann gibt es die Silberpest
wo Adler im Tiefflug
in jedermanns Höhe
sag es ihnen Hund
wo das Echo sich weigert
Katzenschatten metallischer
dir gepflückt von den Lippen
damit du dich anlehnen kannst
und dir die langen Stiefel schnürst
und dein Spiegelbild anstreichst
denn der Wind bringt uns nur jedermann
und was soll das.

(1946)

MEIN MÜDER VATER

Mein müder Vater gebrauchte das Denken durch Blicke

Er stieß mit der Latte gegen etwas Festes und drehte sich triumphierend zu mir um

Im Grunde ließ sich alles auf eine Art Exorzismus der Angst reduzieren Wichtig war nur der Seitenwechsel der Gesten

Ich hatte von schrecklichen Stürmen dort gehört und war gekommen um sie kennenzulernen

Ich bewegte mich identisch Das Zifferblatt war ziffernlos und die Sonne leuchtete irgendwo sehr niedrig

Weinend bat ich um was zu trinken Meine Frau erwähnte den Herrn Abend O wäre er nicht in diesem Augenblick über den Masten in der Tonne seufzte sie Dort ist er und dort soll er bleiben sagte ich

Und wenn er in einer Tonne segelt ist er dort auch richtig

Ungefähr zur gleichen Zeit beschloß jemand sein Leben der Wissenschaft zu widmen (Kalium Natrium Aluminium)

Gegenüber von uns führten zwei Dreiergruppen gleiche aber umgekehrte Bewegungen aus Der zweite Satz entsprach dem Eröffnungssatz Der dritte Satz schloß jede Gegenläufigkeit aus und wurde zum Ergebnis

Eine Kugel rollte über eine Unterlage und gelangte somit in eine ganz eigene Kategorie

Das beunruhigte Ganze schrie

Zwischen beiden Mauern (sie verliefen parallel) übte noch ein einziger Mann die alten demonstrativen Funktionen aus

Der Raum stellte eine Art Tafel für Reihenfolgen und Abläufe dar auf der ich alles einsetzen konnte

Während sich die intelligenten Studenten im Rahmen eines anspruchsvollen Programms gründliche Kenntnisse aneigneten

Die Pendelbewegung über die ich lange nachgedacht hatte zeigte mir übrigens daß es viele unterschiedliche Körper gibt die obwohl beteiligt sich doch nicht stören lassen und auch nicht ins Stolpern kommen Sie befinden sich an weit entfernten Orten

Eine junge Professorin nahm den Ruf an ein riesiges College an wie sich vor ihre Schüler zu lieben

Ein Fotograf verließ seine Frau und sah sich gezwungen die Einladung eines in den Süden verschlagenen Pfarrers anzunehmen Es gelang dem Pfarrer das getrennte Paar zu versöhnen

Ein Mann lag ausgestreckt neben seiner Frau Die Zimmerdecke wiederholte die Dachschräge

Zwei Damen erzählten sich die schrecklichsten Dinge über eine Postkutsche Ausgerechnet gestern habe sie sich überschlagen und auch letztes Jahr ein Kind überfahren usw

Unentwegt über Katastrophen plaudernd gelangten sie zum neulich über England abgestürzten Ballon

Als ich erwachte ging auch mein Puls wie blind und verrückt

Ich nagte an einer Brotkruste um die Gefühlsgewalt des Träumens zu binden

Dann war ich in Gedanken bei dem Mann der mit Brot angelte Er war weder mein Freund noch nahe oder entfernt verwandt Er war klein und grün die Art von Kauz die »skao« macht und Exkremente fallen läßt wenn man sie von dem Baumstumpf auf dem sie lebt vertreibt

Die anderen ließen nicht locker obwohl ich sie mit Stöckchen schlug und Steine warf Sie waren überhaupt nicht diszipliniert Wenn ich einschlief kamen sie verstohlen über mich leckten mir die Lippen und suchten Fleisch

Von Zeit zu Zeit wurde ich wach und traktierte den über mir mit den Fäusten Mit großen Gebrüll lief er davon Die anderen stürzten ihm nach Einmal rutschte einer aus und traf mich mit dem Fuß ins Auge Als auch ich ihn dann traf wollten die anderen mich zerreißen

Die Sprechweise einzelner Gruppen war in kleinen Dosen integriert

Folglich hatten wir Heimweh nach unseren getrübten Körpern

Wir schlemmten auf nivelliertem Gelände indem wir Erdklumpen aßen

Fast hätte ich es vergessen Die Landschaft war mit Möbelplüsch ausgelegt

An den folgenden Morgen ging ich um neun Uhr zur Universität An den Beinen war ich mit Riemen gebunden und über dem Gesicht trug ich eine Zwergenkapuze mit Troddel Die Leute zeigten sich ein wenig enttäuscht von meiner rudimentären Ausrüstung und versuchten mich zum Verzicht auf die Kapuze zu überreden

Die Abstimmung über die Auswahl kalligraphischer Werke erfolgte mit kleinen Karteikarten Über die restliche Auswahl entschied man durch Heben der Hand

Der Nachtwächter wedelte mißmutig mit den Flügeln und zeigte auf etwas Unbestimmtes im Norden

Das schwarze Feuer

DIE ANFÄNGE

Es waren die weichen Anfänge des Zirkels, die berechtigten Gärten. Ein paar müde Reiter nickten zum Zeichen der Begrüßung. Etwas Farnkrautartiges kühlte unsere Schultern. Ein Kind, riesengroß, bis in den siebenten Himmel, lächelte durchs Fenster herein. Wir hörten das Poltern seiner Eltern, die Ermahnung, sich schlafen zu legen, etwas tiefer am Himmel, in einer Einbuchtung. Dort sollte es ruhen, die Knochen ausbilden, auf dem Fell einer Wölfin.

DIE REISE

Die Wörter fraternisierten seit langem nicht mehr. Wir liebten uns. Im Morgengrauen beteten wir die Seife an, fadenscheiniges Florett der gestern noch symmetrischen Sinne. Wir hatten Brunnenschwengel und Waagebalken, mächtig, noch der reinsten Ungleichheit die Strenge zu nehmen. Das beruhigte uns etwas. Aus den unwirksamen Seiten der Erfüllung erwuchsen uns Sanduhren. Tau fiel auf Tau, Netzhaut auf Netzhaut, Festkörper auf Festkörper. Unsere steinernen Pferde simulierten die Tränke, an steinernen Gattern, während die Kutscher in den weiten reglosen Umhängen zu meditieren schienen. Nur das vorsichtige Kupfer auf dem Bord zuckte jedesmal wenn es leuchtete zusammen.

DIE SCHRITTE

Immer noch mit Milchaugen, nicht übereinkommend und hart im Aufprall, folgte er den Ausmaßen der Falle, in der die Akrobaten ihre Sprünge ineinanderflochten. Sein Mund flüsterte eine erschütternde Zahl, sein wilder und naiver Zeigefinger zeichnete die biegsamen Formen des Taumels bis in die kleinsten Einzelheiten nach. Doch niemand wußte, daß die Kehle ihm von Flüchen überquoll, der gerechte Lohn für Feigheit wie für Wagemut. So wichen auch die anderen, als sie ihn in die Arme der Geliebten sinken sahen, ein paar Schritte zurück. Sie aber, ihn fest an die Brust drückend, machte den ersten Schritt nach vorn.

DAS FRENETISCHE GEDÄCHTNIS

Drei von den sechs Personen auf dem Feld sprachen, ohne auf einander zu achten, das gleiche unverstandene, auf der Stelle vergessene, stets wieder neu entdeckte Wort. Der vierte, der ärmste, so arm, daß er seinen Wasservorrat in der Hand mit sich führte, so arm, daß er seinen Weizen auf dem Mund anbauen mußte, mähte die Silben, die ihm da so erstaunlich rauschten. Tatsächlich war das Feld am dampfen, und die beiden Liebenden in ihrer undeutlichen Schminke grenzten ihm den Horizont am blauen Lidrand ein.

VORHER UND NACHHER

Ein seltsames Bedürfnis nach Levitation, Erbteil gewisser Kämpfer- und Vogelnaturen seiner Ahnen, zwang ihn dazu, genau in der Liebessekunde den letzten Ballast an Tagesgedächtnis abzuwerfen. Dann zog die Netzhaut ihn wie ein Propeller, das Blut entfaltete Flügel, die leicht gewordenen Knochen fanden nacheinander in ihre ursprünglichen Strukturen und Funktionen. Eine ferne Stadt rauschte im Gaumen. Irgendwo am inneren Gewölbe rotierte der Rivale und klirrte großzügig mit seinen Waffen. Er aber begnügte sich, ihm zuzuwinken, stolz, und immer weiter auf kein Ende zu achten, während die Geliebte, daneben liegend, in den Falten des Leintuchs das Aufbäumen seines verharrenden Fluges verfolgte.

DIE UNBEWACHTE STUNDE

Die Uhr im Kuckuck, der Baum im Blatt, die Welt im Kopf. Erschrick nicht, meine Liebe, wenn du den Spiegel hinterm Augenlid verborgen findest. Die Kruste natürlich ist wie sie ist, und ihr dunkles Entzücken verdeckt die Lichter aus dem Vorstellungsbereich. Doch der liebesfrohe Delfin über uns zieht weiter seinen durchsichtigen Kielstreifen. Erschrick nicht, wenn du ihn unter Muscheln verborgen wiederfindest. Wir haben ausgesprochen, was Verliebte sonst in unbewachter Stunde kaum zu ahnen wagen und erröten läßt, wenn es sie anweht.

MANCHMAL SCHAFFTEN WIR ES

Manchmal schafften wir dies unwahrscheinliche Unisono im Gefühl, der übrigen Dinge entbunden, mit ihnen verbunden zu sein. Wir schnupperten an der Allgegenwart in den Ereignissen, an distributivem Sinn der Hoffnung. Wir errieten die Liebe unter Passanten, sahen die Tonfigur unter dem sechsten Maulwurfshügel, wußten weshalb der Meißel zuckte. Alles geriet zur Erfüllung und geschah unerwartet in einem Quadrant der Stille. Dann höhlte ein Specht einen Stein aus oder es öffnete der Stein die Flügel. Ein paar Freunde fühlten sich gekränkt.

OHNE BEDEUTUNG

Wir ruderten, als es begann. Am Ufer lenkten Hähne den Wind in günstige Einschnitte am Horizont. Dann auf einmal setzte jemand, der wie ein Gasmann aussah, und sich auch so benahm, den Riesenmechanismus des Tierkreises am Himmel in Bewegung. Der Stier kam aus dem Startloch, rumpelnd. Die Waage neigte sich kurz und gab die Jungfrau frei. Behäbig schulterte der Schütze den Bogen. Die Fische stürzten sich jodelnd den Zwillingen in die Arme. Und auch die übrigen machten sich brav auf den Weg zu neuen Ufern. Jubel und Trubel erfüllte die Löcher der Welt.

DIE TRÄGE GELIEBTE

Ihre Trägheit, die wie ein Oxydationsprozeß am Werk war, brachte uns auf den Punkt. Gewohnt, das Eisen nicht rosten zu lassen, schien es uns selbstverständlich, ihr die beruhigende Gewißheit unserer Tempi anzubieten. Mit so bewährten Armen und Werkzeugen hätten wir ihre auf obskure Weise gewalttätige Weigerung ohne weiteres einstürzen lassen können. (Freilich erinnerte uns ihr Abdriften an schwebende Welten. In Pirouetten fanden wir verlorene Anfänge wieder.) Sie entwand sich dem Getöse, es war entwaffnend. Unsere abgekupferten Klischees modelten sich in die schläfrige, rührende Form ihrer Finger, unsere Schwungmassen machten sie träge. Sie liebte uns, sie erholte uns.

LEONARDO IN DIE ERSCHEINUNG DES DREIECKS VERSUNKEN

Sein Gesicht steckte hinter einer Maske aus Brettern. Gewiß, dies versteinerte Durcheinander hatte einen Schlitz vor den Augen und um die Nasenlöcher ein Netz von Zeichnung. Alles hing an Linien und an Poren, beziehungsweise die Linien und Poren modellierten sich strikt von der Anatomie ab. Immerhin, da war einerseits und andererseits alles implizit und notwendig, alles lauerte auf seine Oberfläche, alles rasselte und schwadronierte. In den wenigen grauen Objekten ringsherum, wie auch im gelben Samt, der die Seitenwände überzog, hätte ja ein Lächeln sein können. Aber weder das Gesicht noch die Maske wußten noch, wer die verkrampfte Rechtfertigung des anderen verkörperte.

DER CHEMISCHE BRÄUTIGAM

Ein schöner Tag, und wir standen darunter herum, zwischen Kleiderbügeln, zwischen Wachstuchhüten. Es gab einen Teppich, auf einer Schachtel sah man den Gehrock von Prinz Albert, seine gesteppten Handschuhe, die gestärkten Manschetten. Das alles bedeutete nichts, es war in ein weißes Oval auf hummerrotem Grund eingezeichnet. Aber die Homunkulusgestalt des Prinzen und ihr beunruhigender Rahmen verpflichtete uns. In uns regte sich die alte Gier nach Intimität, die keine Zeugen duldet, nicht einmal in einem Bild, nicht einmal im Echo.

DIE LETZTEN

Wir bewachten das gleiche gefährdete Tal, akzeptierten uns aber nur als Vorgefühle. Unsere unbarmherzige Nichtzurkenntnisnahme garantierte die Einsamkeit. Trotzdem öffnete er hin und wieder ein Netz, um seine Panik zu organisieren. Dann tanzten wir, als Bock und als Wildschwein verkleidet, um ihn herum. Mich mied er jedoch. Er, der es wie die Marder auf Schutthalden und Komposthaufen trieb, wich meinem Blick nicht einmal aus, als die Geliebte wie ein vertrockneter Schild sich zum Sterben auftat. Nur manchmal, wenn im Morgengrauen wir erstarrten, verlangte er von meinen nicht zur Kenntnis genommenen Fingern, ihm durch das lange Haar zu fahren. Auf den Gipfeln blinkten feindliche Feuer. In jenen Augenblicken geheimer Übereinkunft schwiegen wir in großen Linien, alle drei, von der gleichen Sache.

HOMMAGE

Vielleicht war es die Liebe vor der Kinotür in einer Tonne
auf dem Dach eines Straßencafés mit Orchester und
schweigsamen Förstern die in der Flugschneise
Kleinholzganoven auf den Fersen waren
und wie im Traum die weiße Hüfte der Golf der Umriß
eines Berglöwen

klettere du voraus ich hab die Knarre
ich werde aus dem ersten Stock durch den Liftschacht feuern
ich habe die Preßluft den Ausschlag die Melancholie
ich zeig dir den Poetenausweis das Schmieröl die Räder
zeig du mir die fahle Sonne die Hüfte dann schieß ich
verzweifelt lieben will ich zwischen Harfen dich in der Tonne
mit den Fingern in die Augen mit den Fäusten in den Mund
ich klettere vor du hast die Knarre
den Ausschlag die Luft und das heulende Elend
im Auto dann will ich dir zuzwinkern (vielleicht kommen wir
durch)
wir sind uns nie begegnet wirst du sagen nie

und der Gehsteig wird noch immer feucht sein

(1942)

DIE TRÄNE

Meine Mutter winkte hinauf wo einer herumging
über den Obstbäumen gut zwei Meter lang hin und her
    nachdenklich
(der Herr Cristescu von der Straßenbahngesellschaft)
ein paar Vögel starben in der Luft
von Flamel schrieb ich die Wäscheliste ab
jeder hatte einen Freund in jedem Stückchen Wolke
so ist das halt mit Freunden wo die Welt voll Schrecken ist
auch meine Mutter sagte das ist ganz normal
Freunde kommen nicht in Frage
denk an seriösere Dinge

alles war indigoblau ich schrieb mit weißer Kreide hatte Angst
der Abgrund über unseren Köpfen würde uns verschlingen

nicht zu reden von einer Brust aus Samt und Wiese
von jenem Knie wo Zuckerrohrplantagen wuchsen

(1941)

GELÄNDELAUF

Wir liefen hundert Meter nackt durch die Brennesseln
hundert Jahre durch die Küche
hundert Strophen über Bahnhöfe unter dem Tisch

jemand wußte ja alles und gab uns dies zu verstehen
jemand mit breitem Hut und weißen Strümpfen
jemand der uns Blumensträußchen um die Augen schlägt
wir laufen deklamieren schnaufen mit erhobener Hand
bewundern uns und jemand schlägt uns etwas um die Augen
ohrfeigt unsere Vorväter im Grab im Wüstensand
jemand mit breitem Hut und Stiefeln und Flügeln
jemand der sich wiegt und nach Weidenholz duftet

dann ist alles still nur die Weiden rascheln
wir bleiben stehn ziehn Turnhemdchen über gehn weiter

(1942)

DAS LETZTE BOOT

Durch das runde Aug der Henne
fährt das letzte Boot
ein Männlein mit einer Tür auf dem Kopf
ein Hündlein mit einer Lampe im Maul

und weil das so klar zu sehen ist
in dem runden Aug der Henne
stellt keiner die acht wesentlichen Fragen
wartet seit gestern die Geliebte
am Fenster die Finger auf dem Deckel des Klaviers
ist die Brücke heute schon viel höher
fährt bereits das letzte Boot
steh ich da im Aug der Henne
mit meinen erotischen Schuhen *

Im Original deutsch

Beschreibung des Turmes

DESGLEICHEN AUF DEM FELD

Sagen wir ich gehe und dazu begeistert sagen wir ich spreche mit vollem Mund den schwarzen Honig sagen wir ich frag dich nach dem Stück Stoff auf der Schulter

Auf nette Art ist Bruder Schwein fett geworden

Desgleichen auf dem Feld Bei der prallen Sonne bei dem Staub ist jener Abschnitt ebenfalls nicht einmal angefangen Dort beim alten Bollwerk wo wir gelbe Schädel und Syphonköpfe aus dem Boden holten

In Haralambastadt trägt man jetzt Handschuhe mit dem Wappen drauf und die Entsakralisierung des Liebeslebens wird fortgesetzt Vom Gerüst steigt der Meister Er ist ein Schneider und ein Auge ist geschwollen Ich gebe ihm rohen Fisch zu essen

Der Buchhändler serviert den Nebel aus der ganzen Stadt auf einem Teller Wir werden an den Beinen naß Der Gedanke hat dich verändert

Nun es war schön mit dir halten wir im Zentrum an

Die Entwicklung der Melancholie

WARTESAAL

Jetzt kommen die Kinder der Großen Gebärmutter an
wie Englein vielleicht noch schlimmer
wir lesen die markierten Initialen am Revers
auf den Fingernägeln den zeitlichen Ablauf
bei jedem finden wir die Rangabzeichen der Multiplikativen
  Großen Wesenheit
sie lächeln uns an verknäueln sich am Boden Wenn sie sich
  erheben entstehen die speziellen Finsternisse

deutlich hört man wie die Profilierung funktioniert

wird ihr grämliches Schweigen uns langsam unerträglich
heißen wir sie still sein
dann vervielfältigen sie sich in Winkeln

ein Zöllner sammelt ihre Reisegroschen
auf den geschlossenen Augen ein

DIE VIERZEHNTE

Die eigenen Leute vergaßen uns schaufelten uns im Maisfeld ein
auf den Wellen wie schön ein fast roter Pelikan
wir bewunderten das Burgtor kauften Wegzehrung
begaben uns in einen Saal gingen wie Bucklige langweilten uns auch
selbst die Musik spielte es war einfach extra

hier meinte der Reiseführer ist Alexander der Grobe durchgezogen
diesen Kanal hat er mit eigener Hand graben lassen
eines Sommertages fuhr er hier in seinem goldenen Kahn las vor und gab Kommentare
vollbrachte Wunder an Tapferkeit hatte eine Unterwasserlaterne
am Ufer wuchs Mais Alexander der Grobe zeigte mit dem Finger drauf sagte sich vermache ihn der Nachwelt man kann mit ihm auch lieben
wir standen versteckt in den Weiden und hörten ihm zu
das Wasser in der stillen Bucht war lauwarm
er fuhr dahin das Reisen stand ihm gut man sah alle Sterne dick wie Fäuste
he Alexander du Grober rief eine Frau komm heute nacht zu mir
ich mach dir eine Fischsuppe und wir machen auch Liebe
(das flüsterte sie nur aber wir hörten wie kultiviert sie sprach)
da rannten wir gegen die Masten steckten die Augen ins Wasser eher sollten die Fische sie fressen als daß er uns in seinem Feldbett fände
he Alexander mein Grober hörten wir sie sagen stell dich nicht blind
he Argonaute ich schenk dir mein goldenes Vlies versprochen ich reiß dir auch die Quittung ab

Es war in einer dieser Epochen Die Nacht begann

Die andere Seite

DAS DREIECK

Dort im Boot spricht ein tauber Fischer mit dem Wasser Er denkt daß niemand ihn hört

Zenobia legt mir beide Hände aufs Herz Ich knie in Bewunderung nieder und denke an was anderes

Zenobia sagt wir sollen keine weißen Hähne essen weil sonst jemand böse wird Der Fischer wendet den Kopf und sieht uns mißtraurisch an

Der Kopf eines weisen Mannes taucht aus dem Wasser ruft uns verzweifelt zu sich und geht unter Diesmal endgültig

Zenobia sagt zu mir Unter uns wir sind die Opfer der Einbildungskraft anderer

Ich kann ihr nicht antworten weil der ganze Himmel mir sonst in den Mund käme

Jetzt ist dem Fischer ein Fischlein entwischt Er schimpft laut mit ihm Feigling sagt er du warst nicht mutig genug stillzuhalten damit ich dich essen kann

Zenobia fragt mich was ist ein Baldachin Ich zeige ihr das Ruderblatt

Über uns wollen einige uns Mores lehren

Sieh nur sieh ein Dreieck sagt Zenobia Es ist auf die Welt gekommen um sich anzupassen

Der Fischer hat jetzt angelegt Er will auch mit dem Land reden Er denkt daß niemand ihn hört

II. ÜBERSETZUNGEN VON GEORG AESCHT

Die Verbindung mit den Dingen

DER VORGEBURTSBRUDER

Vom Ei zum Sarg über teuflischen Kies
in einem Bezirk der Disteln und Eintagsfliegen
sendet uns der Vorgeburtsbruder noch
die untergehende Sonne in deren Rot sein Gaumensegel taucht
und es kommt die Zeit da öffnen wir ihm
die Hülsen in denen wir wohnen

mit verbundenen Augen vollzieht er nach
die günstigen Irrtümer die verhöhnten Bezüge
die scharf in die Tiefe der Räder gerammte Achse
und das Brausen der vorstellbaren Konvois
bevor die Zustände zu Wörtern werden

DIE BEWEISE

Sehr tief in der Erde neben der fernen Schmetterlingsburg
geboren durch andere Niederkünfte in vergessenen Höhlen
die Begleiter sie stützen auf Gabeln ihre Augenbrauen

unter unserem pendelnden Wiegen
entfaltet sich ihr stürzender Schritt

währenddessen bebt überm gleißenden Wasser
die dramatische Lösung
den Dämpfen entgegen tritt Dampf aus dem Mund
und befeuchtet unsere Stimme

DER LETZTE RIESE

An der Stelle wo ich stehngeblieben war
wie Rost an den Flanken der Viehherden rückte gemächlich
jenes riesige Maul vor welches uns abweidet

der Weg überschlug sich
und führte mich mehr schlecht als recht
durch die Schlaglöcher mitten in jedem von uns
jenes Ding das hätte sein wollen
schoß aus dem Haar der Zeugen
(jenseits klirrten alle Fensterscheiben)

plötzlich ließ mit Müdigkeit gewappnet
ein Tier das ich nicht kenne
und das sich wie eine beleidigte Eklipse auf den Spuren seiner
 Bewegungen bewegte
um und um verströmen
die schneidende Riposte seiner Eingeweide

DAS BLAUE UFER

Im Zimmer mitten unter Zeitungen aus fernen Ländern
wie ein zahmes Tier wie ein wunderbarer Mensch liebst du dich
und sitzt auf der Bettkante die Hände auf den Knien
oder streichelst entbunden von Geburt und Tod deine
bimssteinerne Wange
bis die Sonne hinüberwechselt auf die andere Seite
zum Foto des zufrieden pinkelnden Kindes an blauem Ufer
Dann kehrt alles zurück gruppiert sich um
wie in brodelndem Nebel wo die Dinge zurückfinden zu sich
selbst
quer durch die obskuren Pflanzungen des Zufalls Und nebenan
breitet eine Frau sorgfältig die Kleider des ertrunkenen
Geliebten aus und redet mit ihnen
sie die dich immer noch sucht in den schwarzen Knochen der
Schmetterlinge

Und während du irrst durch die Schwaden kraftstrotzender
Mannhaftigkeit
vorbei an vergessenen Schaufeln auf frischem Maulwurfshügel
oder die beiden lose im Ufer steckenden Pfähle betrachtest
oder dich auf die Erde legst und der Wind wer weiß woher
Disteln weht über dein Gesicht
da beschwört eine große Trauer die Mondlandschaft ihrer
Schultern wieder herauf
und es gibt keine Wörter mehr und ihr Flüstern erfüllt allerorts
mit Dingen das Schweigen zergellt vom Aufschrei
des Zuges
ihr Flüstern ist das Wasser in den Fußspuren nach dem letzten
Regen
doch genügt eine Drehung des Schlüssels im Schloß und du
hörst
das geruhsame Fließen der Zeit an deinen Strümpfen vorbei

oder den schweren Atem der Wurzeln
und wieder träumst du vom blauen Ufer am Ende des Flusses
an dem wir unsere märchenhafte Verlassenheit wiederkäuen

DIE GLASPERLEN

Bis ich den Schlamm abwasch diese nassen Angelruten richt
ist alles vorbei Zu meiner Linken
der Bub der mir Milch auf die Treppe geschüttet hat
er wittert das Nahen finsterer Verheerung
reden kann er nicht sagt nur a a a schleppt die Füße nach
Jetzt geht auch er Hat einen Zug um 9
Wär jedenfalls Zeit daß ich auch abhau
mit der Seele über der Haut
mitten durch die weißen Stöcke die Prügel für Blinde
am elenden Draht lang wo dein Sommerröckchen zum
    Trocknen hängt
die alte Mauer lang unter der unsere Umarmungen
begraben werden vom Schatten verschluckt
Oh neben dir bin ich stehngeblieben
wie ein Baum der geht neben einem Baum der steht
und nur unsere verzweifelten Blätter versuchen sich an den
    Himmel zu klammern
während unsere Glasperlen kollern ins Gras

APOLLONIA

Manchmal genügt das Rascheln der Zigarettenasche wenn sie auf
den Ärmel fällt
oder das Zittern des Grashalms den dein Atem berührt
oder der Schatten eines Vogels der längst verschwunden ist
plötzlich erwacht das Raunen der in dir versunkenen Stadt
Und wenn du deine Reise antrittst in die dortigen Nebel
über feuchten Schlamm zwischen kaputten Kanistern
auf Pfaden wo selten noch jemand herumirrt
bis zur Garbe abgemähten Schilfs auf die du dich setzt
dann gehen die selbstverständlichsten Dinge und Ereignisse
ihre so gründlich vergessenen Beziehungen wieder ein
dann kreischen die beiden Malerinnen auf dem Feld bei dem Pferd
das die Bienen totgestochen haben
dann funkelt wie ein Schlangenauge
die im Wasser vermoderte Sonne
dann löst die Schwimmerin die in der ruhigen Unordnung des
Abends auftaucht
mitten unter den bis aufs Blut kämpfenden Burschen
ihr Haar aus der grünlichen Wasserlinse
und kommt um sich zu dir zu legen
auf Lumpen die brennen um Mücken zu verjagen

WIE ZWEI GLOCKEN

Wenn eines schönen Tages alles vorbei ist
und mein Hut aus Segeltuch langsam auf einer Müllhalde verbrennt
wirst du glauben daß es nichts mehr gibt auf der Welt als
die traurige Trödelbude der Erinnerung
Doch mit seltsamer Hartnäckigkeit wird alles bleiben wie es ist unter der trostlosen Asche der Zeit
alles wird sein wie jetzt da in der Grube mit Bekanntem
im Mahlstrom der Gewißheiten
kein Wort das Echo des Echos zu übertönen vermag Und sein werden noch
die Form ohne Ränder der Strick ohne Enden
sein wird unsere Umarmung wie eine heilige Ehe von Bruder und Schwester
mitten unter leeren Konservendosen
sein wird die Julinacht da uns jemand ein geheimes Türchen öffnet in der Mauer
der Haufen Schlacke am Bahndamm
der süßliche Duft der Weiden die wahnsinnigen Insektenschwärme die uns umschwirren
der tappende Storch auf dem Dach die warmen Dünste des Sumpfes
der in bedrohlichen Abendstunden hämisch grinsende Werder
sein wird die Dunkelheit im Kinosaal wo wir schaudern vor Freude wenn er auftaucht der einsame Reiter
oder an der Stelle wo ich dich auf Händen trage und du bist sehr leicht
sein werden die Sturmnächte wenn das Licht plötzlich ausgeht
und man Stimmen hört von Leuten die man nie sieht
sein wird der Regen der auf uns herabstürzt wie ein riesiger toter Vogel
das Flackern der Kerze das Flackern der Worte

dein Zucken beim Rascheln eines Zweigleins während der Wald
braust
sein wird das tiefe Grollen des Donners der in den Bergen von
Finsternis bebt
sein wird der Augenblick da plötzlich Stille wird
und wir beide reden wie zwei Glocken die kaum schwingen im
Wind

UM JEDEN PREIS

Auf dem Erdwall beschimpft der bucklige Mopedfahrer seinen Hund
während du
im wahnwitzigen Wirbel des Schilfs in der Mutter der Konvulsion
leicht das Stöhnen der blinden Sümpfe gewahrst
und dich nur das Wanken der Wörter noch wiegt
wenn du aber weitergehst
am Ufer wo du soviel unnützes Gras gemäht hast
ist überhaupt kein Echo mehr möglich Und du siehst nichts
als die hypnotische Trägheit des verschlafenen Wassers
Dann hüllt dich nach und nach der Regen ein wie eine alte Flanelljacke
und du wunderst dich selbst wenn sich noch ein Vogel vor dir erschreckt um dich glauben zu lassen daß es dich gibt
Doch immer liebt dich jemand beugt sich zu deinem Ohr und schweigt dort
wie in einem weißen Zauber in dem nichts mehr zu sagen ist
und in dem es keiner Silbe mehr bedarf außer jener die dich umtreibt wie angenehmes Entsetzen
und in dem es nichts mehr gibt außer dem Treibgut das das Wasser anschwemmt
zwischen schwarzen Maiskolben und geknicktem Schilf
an jenem Ort wo du kniend im Kahn deine Beine kaum noch spürst
weil sie steif geworden sind auf dem langen Rückweg in den Mutterleib

DER BOTSCHAFTER

Wenn ich über das alles gut nachdenke
über unsere Spaziergänge entlang der Mauer
über das ausgebleichte Taschentuch das du über den Brüsten trägst
über deinen vom Straßengewimmel verunsicherten Gang
über dein Flüstern das wie ein Kalkregen rieselt
über die trockene Stille der Wände
wenn ich über das alles gut nachdenke
über die Tage an denen wir haltlos streunen und diese Knochen hinter uns schleppen
durch das kupferne Gespinst welches die Dämmerung über uns breitet
oder über das was ich an fernem Kai auf ein verkohltes Brett geschrieben habe
als das Wasser uns den Rost von den Fingern spülte
dann taucht jenseits des Wachens
wie ein hungriger Rabe die Welt über der Welt auf
und der schweigende Botschafter zieht vorbei
unter seinen Flügeln
nicken wir über unseren steinernen Heften ein

DAS GLEITEN DER WELTEN

Heut bin ich groß in Form hab meine Stirn an der Mauer
wundgescheuert
eine Tante hat sich mit einem Draht weh getan Schlafend hatte
sie sich auf den Trümmern gesonnt
und keine Ahnung gehabt von den Zahlen die über uns
hindonnern

der Himmel ist verrutscht macht aber nichts
leg an deinen Ring und den durchsichtigen Schleier
ein grünes Eis wolln wir essen am leckeren Stiel
während draußen das Gleiten der Welten geschieht

ARM ABER SCHMUTZIG

Ein paar Schritt weit vom Sumpf und vom Wald
deckt der Hahnenschrei der Vegetation
den Schatz zu der keiner weiß wo vergraben ist
das Maß der Menschenalter nistet unterm Dach
der wohldefinierte Boden ist mit Zeitungen ausgelegt
ein noch nicht formulierter Mensch schließt still das Fenster
die Siesta der Schmetterlinge kann beginnen

ACH DA WIR SAUERAMPFER PFLÜCKEN

Ach da wir Sauerampfer pflücken hinterm Zaun ach da erfaßt
wie ein steinernes Bett uns
eine gegenstandslose Erwartung
eine Kausalität die nicht mehr oder nach ungeahnten Gesetzen
funktioniert

wenn schon davon die Rede ist so wollen wir wissen
den unerfindlichen Grund des unerklärlichen Aktes
wenn schon davon die Rede ist
so sollen vortreten alle Mütter und begründen
wieso sie statt Sesseln oder Sauerampfer uns gezeugt haben
so wollen wir hier mit nachtbehemdeten Zeugen nachstellen
die Sekunde ihrer Liebe
damit wir wissen was wir zu entgelten haben (vielleicht lohnt
es sich)
so sollen sie uns doch darstellen den Fall wie's war mit dem
Herrn Papa erwacht aus wer weiß welchen Alpträumen
hier hinterm Zaun wo wir Sauerampfer pflücken
so soll kommen der Herr Papa mit seinem Hegelschen Bärtchen
und sagen ob er lag oder stand dabei
und der Herr Großvater und die ganze Sippschaft
Constantin oder sonstwie genannt
und auch der alte Knacker der älteste Steinmetz der Welt
93 Jahre und scheuersandblank
der einzige der in Gestalt des Sauerampfers uns dann und wann
noch
ein zärtliches Gefühl von Schuldhaftigkeit entgegenbringt

DIE KREUZUNG

Wie arm warn wir dran mein Gott und wie liebten wir uns
wie zwei Holzlöffel die aus ihrem gemeinsamen Klotz noch
    nicht befreit worden sind
wir führten uns gegenseitig das Essen zum Mund schenkten uns
    Sonnenblumenkerne in Stanitzel aus Zeitungspapier
standen erschauernd an einer Wegkreuzung
ein einziges Wesen erfüllte Himmel und Erde
sein Flüstern war Donnergrollen wir warn drin enthalten

wie arm warn wir dran in uns befand sich ein Kind wir taten
    als schliefe es
dieser Bub ist meine Mutter sagtest du
schau dir sein Mützenschild an drauf steht mein Name (den hat
    er geschrieben bevor ich geboren wurde)
nicht wahr da steht mein Name irgendein Name unser
    armseliger Name
er tut als schliefe er auch er ist enthalten gib ihm ein paar
    Sonnenblumenkerne
er geht durch uns und wächst er glaubt er pflanze sich fort
und wie lieben wir uns wir stehn eng umschlungen unsre Lider
    kleben aneinander
während dies Kind in seiner Beschreibung schläft

du sollst nicht so reden sagte ich denn dieser Nichtsnutz das
    bin ich man hat's übrigens auch im Radio gesagt
und wie lieben wir uns wie sind wir enthalten in jenem
    monströs weitläufigen Wesen
schau ich geb dir das ganze Stanitzel lies mir die Nachrichten vor
wie gelb das Papier wie dunkel die Buchstaben sind

wie arm sind wir dran mein Gott und wie lieben wir uns

ORBITALE

Wenn dem so ist
werde ich mich auf den Bordstein der Straßenbahnhaltestelle
legen
neben die Frau die Limonade verkauft
oder ich werde mich auf den orangeroten Stuhl setzen auf dem
ich hie und da sitze und fasle
bis zu den Knöcheln in dem rauhen Stoff aus dem die Träume
sind
Mein Bruder wird ebenfalls einschlafen
den Mund voll Tränenbrot
und wir werden jene vergessen die uns erwartet
nackt auf dem Feld sprunghaft wie eine Heuschrecke
und von der ganzen Begebenheit wird nichts bleiben
als das lauwarme Wasser das uns überspült
der Schlamm der unsere Wangenabdrücke bewahrt
und der Gischtsaum der das Ufer kennzeichnet
am Bordstein in der Straßenbahnhaltestelle
wo unsere großen Pole Liehiebe und Tohod
das Mäuschen gebären werden zur Hälfte weiß zur Hälfte rot
zur Hälfte schwarz

REISE UM DIE ERDE

Herausgetreten aus dem Schilf wie aus den großen Taten der
Jugend
mitten unter mathematische Wesen mit animalischem Schatten
(gestandene Leute geblendet von einer Schilderung)
hockte ich im Schatten einen Maiskolben auf dem Kopf
und der Schatten biß mich in die Hand und bellte mich an

von Geißen geleitet von Wespen belästigt
liebte ich dich auch die Brust tat mir weh während ein ganz
Wählerischer
seine Taschen mit Algen vollstopfte
(wenn der mir fünf Groschen gibt damit ich mir kauf was ich
will dann bin ich jemand)

er gab mir fünf Groschen ich kaufte mir eine lila Glasscherbe
oder wenn ich zu wehmütig gestimmt war einen Stoß
Velinpapier um mir die Ohren und den Mund zu stopfen
am Vogelpfad brabbelte das Eisen
der Baum neigte sich und sprach mit Mädchenstimme zu mir

ein Feuerberg setzte sich auf meine Lider ohne sie zu berühren
zwischen goldgefaßten Fensterscheiben und realen Exkrementen
im Bad von Honig oder von sonstwas wie immer
Unbeschreiblichem
wo es besser ist Filter zu bleiben und durchlässig zu sein
nur für das was geht

AM UFER DORT

Am Ufer dort unterhalb des Klosters
traktierte eine junge Frau mit Tritten einen Typ mit grauem
    Hut
und ich blieb stehn Keine Ahnung wieso
(vielleicht mein unseliges Bedürfnis verlorne Zusammenhänge
    wiederzufinden)
sie witterte mich und drehte sich nach mir um Eine tolle Tasche
    hatte sie
Na du Jammerlappen sagte sie was glotzt du Siehst du nicht
    daß wir lieben

Ich legte mich ins Gras Mein Inneres leuchtete
der andre winselte Jag ihn bitte weg

Ich hätte ihnen böse antworten oder gar ihr Motorrad ersäufen
    können
doch leuchtete ich offenbar so stark
daß ihre Augen zu tränen begannen
und die junge Frau sich wie ein Schmetterling vom Boden löste
    Sie schwebte auf mich zu
wie eine blinde Braut oder ein Kirschbaum oder so was

war mir sowieso egal Ich schwebte auch
der Himmel hob sich höher und höher
der andre winselte Jag ihn bitte weg

DER KOFFER

Ich hatte mich auf einem Baum in einem Nest niedergelassen
saß dort auf Stroh
die Vogelmutter ging ihren Vogelgeschäften nach
das Männchen sagte nichts beachtete mich nicht
nur einmal kriegte ich zwei Schnabelhiebe ab
damals regnete es ich war tropfnaß zitterte und war
unter den riesigen Mutterflügel geschlüpft zu den Kleinen
(diese Verrückten In den Eiern hörte ich sie lachen)

Ansonsten lebte es sich nicht schlecht Ich las den Herrn
Nietzsche
und widmete mich häufig der Betrachtung des Planeten
ich hatte das Essen im Koffer
neben den Aufzeichnungen zur Technik der Non-Aktion
die ich als Servietten verwendete
Dann und wann kam ein Fräulein unterm Baum vorüber
trat auf die Gräser mit ihren weißen Stiefelchen
ich liebte sie reckte mich auf Zehenspitzen rezitierte
zeigte mich im Poheten-Profil
die Vogelmutter hob den Schnabel zum Himmel und klapperte
schließlich machte das Fräulein eine unbestimmte Geste
und ging über jene Gräser nach Hause

Statt ihrer kam einmal ein merkwürdiger Jäger
der schüttelte den Kopf und sah zum Nest herauf
die Vogelmutter hielt mich unter dem Flügel versteckt
die Kleinen schwiegen bebend in den Eiern

DIE KUTSCHE

Adieu die Kutsche ist da Es wird Nacht Der Kutscher knurrt
adieu er wird mich am Waldrand zerfleischen
schon sieht man die Narbe als Vorboten der Wunde

adieu ich geh adieu nur wir beide sind geblieben
ich der ich mich nach und nach entferne
du die du mich versteckt hinter mir erwartest
versteckt in der Kutsche unter Hölzern
im vermoderten Schatten der ehemaligen Sonnenschirme

Die andere Seite

DIE GELBE HANDTASCHE

Etwas mußte getan werden damit die Dinge auch schön sind

Selbstverständlich spielten wir Schwarzer Peter Ein Paradies auf Rädern Wir waren auf dem Fußboden eingeschlafen

Wir wurden von Arm zu Arm gereicht Uns wiegten jene schmuddligen Mädchen mit den seltsamen Gesten und den unscheinbaren Namen

So soll es sein die ganze Nacht bis in alle Ewigkeit Ich entsinne mich vorbestimmt gewesen zu sein Jetzt regnet es an die Stelle der Schultern ist eine Wasserlache getreten

Erschrick nicht wenn du dort auf mich stößt als eine Ballung von Steinen und Tieren die jener faszinierenden Ziege hinterher ist aus deren Euter Gras fließt

Sie hat ein für allemal meine Wangen berührt aus und vorbei Ich kann gar nicht sagen wie gut es ist Es keimt jenes schwarze Gedächtnis

Selbstverständlich haben viele niemals zehn rote Herzen in den Fingern gehalten

Die Sonne ist vor ein paar Tagen erloschen

Ich halte mir das Pfötchen vor die Augen Ich warte auf den Vogel mit gelber Handtasche

UNTER DER HAUT

Das alles geschieht vor aller Augen obwohl man glauben sollte niemand sieht's

Franklin geht vorüber Ein auf einem wächsernen Schemel stehender Mensch müßte Funken sprühen sagt er mir
Ich aber stehe nicht auf einem Schemel schon gar nicht auf einem wächsernen sondern sitze mit übergeschlagenen Beinen auf dieser Bank der Ärmsten Meine Federn kommen zum Vorschein Wo Unberufene einen Buckel vermuten könnten habe ich meine Flügel zusammengefaltet

Auch die letzte lebende Frau geht vorüber Aus dem Busen holt sie eine Brust Verführerisch Unser Kind wird seinen eigenen Speichel saufen seine eigenen Finger rauchen das Ärmste Sie wird ihm einen wächsernen Schemel basteln und es Franklin taufen
Zwei wächserne Jugendliche gehen vorüber Vielleicht schinden sie Eindruck mit ihren Flügeln Als sie noch lebten begeisterten sie damit die Komödiantinnen in den Gasthäusern Jetzt halten sie sie mit Bindfaden zusammen

Über uns ziehen die weiblichen Wolken Wir hier unten können nicht umhin ihnen unter die Röcke zu schaun Sie lächeln uns verschämt zu
Ich huste nichtsnutzig und streiche über das Fell in meinem Gesicht
Die beiden versuchen auf meiner Manschette zu entziffern was nach all dem Regen noch zu sehen ist Die lila Tinte ist durchgesickert unter meiner Haut sind die Wörter seitenverkehrt zu lesen

DIE ANDERE SEITE

DAS ZWEIFLÜGELIGE WESEN
DAS WACHS DER GUMMI DIE FARBE

Als Künderin ekstatischer Kommunionen hat sie schon eine lange Vergangenheit hinter sich und eine lange Reihe unveränderlicher und verschwiegener Begleiter

DER VORLÄUFER DER BEUTE
IHR HELDENHAFTER REPRÄSENTANT

Beispielsweise mein kontemplativer Löwe auf den Schultern trägt er eine prachtvolle blonde Mähne

SEIN ERSCHEINEN
GEHT DEM LEIDEN UND MANCHMAL
DER ZERSTÖRUNG VORAUS

Als Waffen verwendet er die widerstehende Kraft des Schildes die schnürende Gewalt der Knoten und das lösende Privileg des Feuers

DER ZWEITE BEGLEITER
DER THERAPEUT
ADEPT DER ELEMENTARZUSTÄNDE

Ich weiß nicht was er will er aber zeigt mir die Miniatur einer Glocke ausgestopft mit Heu

ES BEGINNT
EINE CHAOTISCHE JAGD

In den Irrgängen zwischen Höhle und Falle höre ich das Feuer prasseln in den Taschen unserer Kleider

DIE ANDERE SEITE
SENDET DAS ERSTE ZEICHEN

Und schau wie jenseits der Lider die blutrünstige Säugetiermutter langsam ihre Bocksbeine bewegt

DAS ZWEITE ZEICHEN ERNEUERT
DAS PRESTIGE DER ARCHAISCHEN KOPPLUNGEN

Sie umarmt mich und so können wir ohne besondere Gefährdung irgendwie bösartige Gefilde durchqueren

ZEUGNIS ZUGUNSTEN DER MATRIX
UND IHRER HINTERLASSENSCHAFT

Ihr kaltes Feuer enthebt mich der bedrohlichen Nostalgie unentwickelter Elemente

UNS ERÖFFNET SICH DER UNAUSLOTBARE QUELL
DER ANDEREN SEITE

Endlich können unsere Münder die dunkle Sprache die geheimen Begriffe die Substanzen gebrauchen die trockenen Wucherungen finden ihren Samen wieder

BIS ZUM BAUMSTUMPF

Jeden Morgen erwartet mich ein illustres Tier auf der Schwelle Groß wie die Tür schlank und zerbrechlich steht es regungslos da und nur die Ratten die sich an seinem Busen wärmen zeigen daß es lebt

Ich füttere es gebe ihm von blauen Tellern Kerne ungelöschten Kalks und feinsten Marmors

Dann geht es und legt sich auf einen Baumstumpf an die Sonne

Des öfteren kann das tieftraurige Sternentier sich unter der Last zehrender nächtlicher Mühen kaum noch auf den Beinen halten und legt mitleidheischend die Hand auf seine zerschlissenen Ohren

Dann trage ich es in meinen Armen zum Ort der Ruhe

Manchmal wenn auch ich von den Fährnissen eines allzu tiefschürfend sich hinziehenden Spaziergangs mitgenommen bin kralle ich mich in sein Fell und wir schleppen uns gemeinsam bis zum Baumstumpf

MIT DEM SCHLAF ZUGLEICH

Integer und verwirrend schleicht sich der Kindkristall mit dem Schlaf zugleich in unsere Matratzen Als Erfinder eines wild mit bedrohlichen Ornamenten geschmückten Alphabets transkribiert er unser Ungeschick und wirft uns auf Terrassen mit Stufen und Säulen dort wo alles leicht ist und schwer und ohne Maß und empfindlich bis zur Härte und beständig bis zum endgültigen Zerfall

DIE STUFEN

Als Interpret und Opfer der Bewegungen des Denkens dem alles was er wußte entfallen ist fühle ich mich versucht von einer andern Seite zu beginnen Ich würde mein Gesicht mit Kalk beschmieren in ein Kino gehn am Himmel wo meine Geliebte ihr Korsett schnürt und man unter dem luftigen Kleid ihr Schwänzchen ahnt

ich würde ein Kontemplationsinstrument einsetzen doch habe ich soviel zu tun In dem faszinierenden Zustand auf dessen Schwelle ich mich befinde kreuzen sich meine Träume für einen Augenblick und sprühen Funken

ansonsten bekunden die Architekten in ziemlich geräumigen und durchsichtigen Tunnels wahres Glück angesichts dieser Eiszeitformen

die Glasgegenstände um sie herum zersplittern von selbst ihr Urin funkelt in der Sonne wie ein silbernes Schwert und das Milligram Phosphor in der Promiskuität der Silben

DER TON UND DER TAKT

Am äußerst blauen Himmel einer Stadt erscheinen dann und wann die riesigen orangeroten Kugeln durch die hindurch wie durch bemalte Fenster die Landkarten des Jenseits sichtbar werden

die allmächtige Langsamkeit des Schwebens geleitet uns über einen harmonischen Hippodrom wo die Sonnenexplosion unsere wahllos am Zaun liegengelassenen Schürzen wäscht und erfrischt

zwischen dem zernichtenden Ereigniszustand und einer zerbrechlichen Helligkeit werden unsere Echos die niemals verklingen neu zusammengesetzt

dann wieder geraten etliche Einheimische in Panik sobald auch nur in der Ferne die grauen Umrisse von Vögeln mit Greifenprofil auftauchen

400 Meter hoch und immer senkrecht mit eng angelegten wie aus dickem Blech geschnittenen Flügeln schweben sie nicht sondern ragen dort oben erstarrt inmitten von Gletschern aus Luft

über ihrer Stirn regt sich ein Federwirbel

die Wucht ihrer Starre übertrifft an Geschwindigkeit bei weitem die verzweifelte Flucht des Taubenschwarms den sie verschlingen ohne mit der Wimper zu zucken

da sie auch uns nie in die Augen sehen kann es durchaus sein daß sie uns ignorieren

ansonsten ist die Natur bezaubernd

DER NORMALEN HIMMELFAHRT

Als ich mir das verwaschene Hemd kaufte waren sie noch jung
sprangen sehr hoch und es kaufte sich jeder das gleiche Hemd
Jetzt zucken ihre Knie nur noch im Schlaf das Hemd ist in der
Altkleidersammlung gelandet einige unterrichten das ist alles

der eine oder andere erhängt sich am Balken der Herberge Die
andern schütteln den Kopf überzeugt daß auch das sich gibt
mit der Zeit Sie warten auf die Himmelfahrt essen Kirschen
legen die Kerne auf ein Tellerchen und alles ist in Ordnung

Kommentare zum Alltagsleben der Vögel

I

Es gibt einen schattigen und für viele Leute abstoßenden Ort Dort ist ein merkwürdiger Organismus wie er früher in feuchten Gegenden zwischen Wäldern und in Sümpfen anzutreffen war

2

Jenem obskuren Organismus verdanke ich viel (erzähl mir ja nichts)

3

Dort nimmt die Welt zwischen Muschelkalk und Schlamm ihren Anfang Die Wasser haben sich zu weit zurückgezogen sie haben sich zurückgezogen und wir wissen nichts mehr voneinander

4

Die Erde ist aus Erfahrung getrocknet

5

Ach wie viele Quellen sind dort versiegt (die doch dünn und klar gesprudelt hatten)

6

Mit wem reden wenn jeder insgeheim sich selbst streichelt

7

Die Pflanzen haben sich eingerichtet Sie fordern von uns eine Bescheinigung

8

Das klingende Schilfrohr wächst mitten unter den anderen in einer umgekehrten Falle

9

Dort beginnt das Gebiet der großen nicht kommunizierbaren Evidenzen der Tropfen gleich einer gläsernen Brust von der das Wasser mit hundert Namen zehrt

10

Dort ist ein Häuschen dem Verfall anheimgegeben Dort habe ich eine kleine Wasserpumpe installiert und habe den ganzen Bau nach den unerbittlichen Formeln der Isolation wiederhergestellt Drei Hunde haben aus der Liliputperspektive eines Menschenlebens etwas zu essen gekriegt Eine einzigartige Sammlung auf den Dünen die uns vorausgewandert sind

11

Augenblicke der Ekstase Anti-Zustände Sekunden des Überdrusses Revanche-Gebrüll und über die bleiernen Ohrlöcher sage ich schon gar nichts mehr Ich versuche zu erwachen

Mein Gott dabei interessierte mich nichts außer dem was auf unbestimmte Art und Weise zwischen Knochen und Haut schwebt während es kracht im Gebälk

12

Morgens nachdem ich waageförmige Lettern gezeichnet oder mit aufgeknöpften Pluderhosen auf der Landstraße gejagt habe gehe ich hin und setze mich auf den Schutthaufen im Hof Dorthin habe ich das Boot gezogen das ich auf dem Wasser gefunden habe ohne einen einzigen Toten drin ein morsches schwarzes Boot das quertrieb Ein Mensch sucht nach Pilzen auf dem Misthaufen hinter den Ställen

13

Ich schreie laut wie bei der Erschaffung der Welt Bild dir ja nicht ein daß ich das erfinde

14

Der Kondottiere reitet auf einem Hund vorüber Seine Blässe spaltet unsere Lungen Sein Gras klingt Ich verstehe was er sagt

15

Was ich in seiner apokalyptischen Kaserne suche

16

Wenigstens holt er die Schere heraus und schneidet diese elenden Manschetten auf

17

Hie und da wird irrtümlicherweise die Formel erklärt

18

Hie und da läutet jemand an der Tür Ich gehe öffnen und weiß genau daß niemand da ist

19

Laß nur es ist nichts ich bin's gewohnt

20

Wenn ich weitergehe komme ich ans Grab des Riesen

21

Die Kinder denken draußen nach Übermorgen werden sie uns vielleicht die Antwort geben

22

An dem »Am Bruch« genannten Ort habe ich einen großen Mann gesehen der das Haar bis auf die Fersen trug Er ging übers Wasser

23

Meine Liebste hat einen Spatz gefangen und will daß ich ihn fresse

24

Die Frauen sprechen über geheime Qualen Frag sie Sie werden dir mit ihrer schmerzhaften Erfahrung antworten

25

Ich leihe ihnen meine Tabelle zu ihrem Wohl

26

Eine Gegenmeditation fixiert sozusagen mein Rückgrat Das hält warm wie Hände die grad aus dem Wasser kommen

27

Die stumpfe Undurchsichtigkeit funktioniert wie eine Art Kontrapunkt

28

Der dreiflüglige Hahn behauptet den Anforderungen eines psychischen Wundbrandes von generellem Ausmaß gewachsen zu sein Seine Schuppen rieseln aufs Klavier

29

Dann kommen die Gestalten die durch Feuer und Wasser gegangen sind wie es auf dem Foto zu sehen ist

30

Hier hast du meinen Aschenbecher in dem was weiß ich wer noch qualmt

31

Ich war lange weg Da ist auch die Alveole in der ich geschlafen habe In der Zwischenzeit waren die Brände erloschen niemand mehr wußte wie man Feuer anzündet

32

Wessen Köpfe sind es die uns durch die Öffnung der Kälte mustern die kleinen Tore formuliert in einer verlorenen Hierarchie

Wiedergefundene Gedichte

WOMEN LOVE ITS AROMA

Wie der Abbé Faria im Abbé Faria
unter den Reinkarnierten der optimalen Generationen
haben wir wie immer ein Leben vor und viele hinter uns
die andern sehn uns durch die Finger an
waschen uns ihre länglichen Augen betrachten uns
wir befinden uns irgendwo wir wissen nicht wo
in einer Landschaft phosphoreszierender Zustände
dein verschwitztes Haar verdunkelt mein Gesicht Das Bett ist
vermodert
du aber häkle mich weiter und reich mir weiter die Hand
damit wir uns umarmen solange noch Zeit ist
sie waschen unsere Augen trocknen unsere Seife decken uns mit
schwarzem Efeu zu
begraben uns einen im andern wie den Abbé Faria im Abbé Faria

(1944)

ZEREMONIEN

Maria-Rosa schreibt mir vom Ende der Welt
über das Ur-Böse über die Nostalgie des Morastes
sie schreibt mir daß sie Weizen anbaut und ihn selbst aufißt
sobald er sprießt
und weil ich nicht in meiner Eigenschaft als Kind an ihrer Brust
gesogen habe
schreibt sie mir daß sie barfuß geht
Ich koche Kaffee für jene die schon länger in der Erde zu Hause
sind
oder ich grabe vielleicht um das Fenster zu finden
Nebenan in einer unsichtbaren wilden Welt
verleiht mir ein vereinzelter Typ an einem öffentlichen Telefon
Ausdruck
ich teile euch mit sagt er daß ich mich auf dem Buzeşti-Platz
befinde und daß ich beabsichtige von hier aus
zu Fuß bis in den Keller zu gehen oder sogar noch weiter
ich teile auch mit daß ich mich in Leinen gehüllt mir die
Graskappe aufgesetzt
und mich tief genug eingegraben habe

(1945)

DIE GROSSEN GALANTEN FESTE

Eine lila Aureole ums Haupt
gießt Fräulein Watteau Beton über mich
Etwas weiter hinten zwischen den leeren Hangars
machen ein paar Jugendliche mit ihren Schlagzeugen Lärm
und plötzlich spannt sich die Sonne wie ein Strick
Der Weltenfresser geht vorüber
(wie viele Glieder hab ich noch Vier Fünf
nicht zu vergessen aber ihre dem Vollzug der Ehe gemäße
Architektur)
und da sind auch die Würfel mit Augen anstelle von Punkten
Fräulein Watteau gebiert ein Mäuschen mit steinernem Motor
ihr verdrossener und verspäteter Sproß
schichtet nun Holz auf im Ofen und wartet daß es sich selbst
entzündet
wie schön er doch schnarcht unter dem orangeroten Himmel
seine Sehnen sind fast schon abgefallen

Natürlich* gibt es noch Orte die niemand kennt
in der Abgeschiedenheit der Höhle neben dem Baum der im
Schweiß seiner Einsamkeit ertrunken ist
dort hören wir mit Augen wie der Anfang einer guten Tat
unentgeltlich irgendwelche Platten
und der Nebel ist so dicht daß man die Wörter kaum sieht

(1945)

* *deutsch im rumänischen Original (Anm. d. Übers.)*

DIE HEIMKEHR DES VERLORENEN DICHTERS

Als die Schulglocke läutete ging ich in die Klasse
sie saßen in den Bänken Der Rest war gestorben
sie musterten mich trugen mich in ihr Klassenbuch ein
was starrt ihr so sagte ich Ich hab halt gefehlt ich werd
sitzenbleiben
bin im Norden gewesen hab allerhand diskutiert
im Süden hab ich dann in einem Jasminwald gelegen
und hab wie ein weißes Wäschestück geflattert im Wind
mein ist auch das Farbfoto mit einem Mädchen am Strand
ich war Klassenbester auch die Aufnahmeprüfung hab ich als
Bester bestanden
was mach ich nur ich hab Fehlstunden Sie betrachteten mich
mit tragischer Freude
sagten kein Wort man konnte sogar meinen ich täte ihnen leid
in Gedanken nannte ich sie Vogelscheuchen Federfuchser
dann trat der Prüfer ein auf der Schulter trug er eine bleierne
Schwalbe
oh wenn ihr wüßtet was die mir ins Ohr geflüstert hat

(1945)

MERKWÜRDIGE BEGEBENHEIT IN DER REEDE DES HAFENS X

In der Reede des Hafens X sitz ich auf einem Brett schau mir die Schiffe an
eine sehr dicke Dichterin streichelt meine Hand mit einem fetten Händchen
sie sagt daß sie mich sehr gut kennt daß ich fast genial bin
daß sie meine letzten Gedichte in einer holländischen Publikation gelesen hat
daß sie ebenda auch meinen Kollegen Maria Rilke gelesen hat es sei aber kein Vergleich es sei was ganz andres sie ziehe mich vor
daß sie mir wenn ich will Zimtkuchen kauft und mich mitnimmt ins Kino

es ist sehr warm die einzigen kühlen Räume befinden sich mit Verlaub zwischen den Flügeln der Möwen
und wir der Dichter der durch die Hölle ging bis zu den Pflanzungen unserer Kollegin Eurydike und sogar etwas weiter
essen Zimtkuchen gehn ins Kino und kommen zurück aufs Brett

(1945)

DER GEIST DES ABENDS

Die Italienerin oder wer sie auch immer war mochte mich sehr
 sie ließ mich in ihrem Vorzimmer schlafen
kämmte sich vor mir mit einem weißen Kamm sprach wie eine
 Mutter zu mir
du bist wie ein Kind sagte sie du solltest öfter auf Sportplätze
 gehen
dort finden die großen Vereinigungen statt
dort suchen die Menschen nach den verlorenen Kiesbetten ihrer
 Vorgeburtszeit

–

dann und wann sagte sie heute abend schläfst du anderswo
der liebe Gott kommt zu mir und stöhnt das ist eine intime
 Angelegenheit
in diesen Sekunden findet er das Urchaos wieder Er geniert sich
wenn ich keinen anderen Schlafplatz hatte so kroch ich in den
 Kasten
der liebe Gott kam bald jünger bald älter je nachdem
manchmal kam er in Gestalt des Französischlehrers den ich sehr
 gut kannte
er klopfte dann nicht an die Tür sondern öffnete sie sacht
 und rief huhu um zu sehen ob jemand da war
dann kroch ich aus dem Kasten grüßte ihn andächtig
 bekreuzigte mich sogar er starrte mich an
das ist mein Neffe sagte die Italienerin er ist ganz nett er
 beschäftigt sich mit Literatur
und ich ging hinaus auf die Straße Fontänen verzapfen

(1945)

DAS SCHLÜSSELBEIN

Im Dunkeln hat eine mich mit dem Ellbogen angestoßen
(ein Mädchen um die sechzehn ziemlich schmächtig ich sah sie
    nicht genau ich weinte ja auch)
Wein nicht mehr sagte sie ich komm sonst mit der Handlung
    nicht mit
Wie soll ich nicht weinen sagte ich wenn der tragische Mann
    da ich bin
und sie am Ende wie du sehn wirst seinetwegen stirbt
obwohl er gleich zu Anfang des Krieges zur See gefahren ist
    ich weiß nichts mehr von ihr
(es war ein alter Film eine Wiederholung sie gefiel mir ich
    träumte davon sie auf einem Flughafen im Torf zu heiraten)
Ich hab nasse Füße sagte sie ich bin im Schnee herumgelaufen
    um Geld fürs Kino zu beschaffen
ich hab an den Türen geklingelt hab gefragt Sternsinger genehm
    und hab gesungen
hier hab ich den Stern wenn du aber noch weiterweinst geht das
    Licht an
und die schmeißen uns raus bringen uns zur Schule prügeln uns
(ein Mädchen um die sechzehn ziemlich schmächtig ich weinte
    ja auch)
Ich bin älter als du wenn einer sich herantraut bring
    ich ihn um sagte ich
wenn ich wein hab ich jenes Gefühl das jeder Mensch auf dem
    Klo hat
all die Jahre bin ich Gefreiter gewesen hab auf der Erde
    geschlafen
hab geträumt wir würden heiraten uns lieben im Torf

In jedem Menschen können Ideen oder Konsonanten entstehn
    aber wenn du noch weiterweinst sagte sie

nehmen die uns die Eintrittskarten weg und wir kriegen den
Schluß nicht mit
wie in jener verborgenen Erkenntnis in der alles anders ist
Ich bin älter als du sagte ich all die Jahre
war ich das Pferd auf dem ich geritten bin im Trab und im
Galopp wenn ich hielt um zu weiden schossen sie mit
Kanonen nach mir
und du wirst sehn am Ende zieht sie mit ihrem Stern herum und
klingelt naß an den Türen
dabei sah ich sie nicht genau ich weinte ja auch

(1946)

DAS RECHT DER LETZTEN NACHT

Abends wenn im blauen Halbschatten die verwirrenden Gesten der Untertanen
kaum noch zu sehen sind die ausschwärmen um auf den Straßen zu rezitieren
setzen wir uns auf den Bordstein und warten dort wie auf einem öden Bahnhof
Die wir angetroffen haben gehen sonstwohin um zu versteinern
oder legen sich auf Blätterhaufen in den Gärten schlafen
jedes Wunder ist möglich und niemand wundert sich wenn wir schweben
niemand sagt gib doch ein wenig acht he
Und wenn wir den Namen einer Frau beschwören
erscheint sie als nachdenkliche Vegetation
und nähert sich zwischen den Bussen mit beschlagenen Scheiben
Ihr volles Haar weht wie eine schwarze Schärpe ihre Hände streicheln uns und das dauert seine Zeit
bis dann dieses Brotauto vorüberfährt
bis die Scheinwerfer uns in ihr bösartiges Licht tauchen
bis der bebende Körper der Braut auf dem Asphalt zerschellt
und sich unsere gierige Einsamkeit wie ein Urschrei über die Welt legt
So kommt das Spektrum gewaltsamer Beziehungen zustande
und zu Recht beginnt der Tanz des Bündels Dynamit
Dann kommen von dir du Bruder du Gevatter du der du auf Zehenspitzen durch uns hindurchgehst
du Herpes Trismegistos geboren mit ergrauten Schläfen
Zeichen wir sollten uns in der Bretterbaracke
auf den Fußboden legen zwischen den gehäuteten Arkaden der Stirn
einer am andern verzweifelt klebend wie der Regen an der Erde
dort abzuwarten jene frenetische letzte Nacht
die unsere beweisträchtigen Stoffe mit sich führt

Bis dahin liegen wir dichtgedrängt unter den Finsternissen
und fünfzig Ängste ballen sich zusammen über uns

(1946)

DAS EROTISCHE PFERD

Die Frau reibt sich an den Bäumen
wie eine dünne Fahne flattert ihre Haut
Passatwinde fahren durch sie hindurch und die Hände der
    Bäume
kühlen sich darin wie in einer Kühlflasche

Jenseits dieser Hände schläft
das Erotische Pferd am Horizont
groß ist es wie der Horizont
seinem bläulichen Fleisch entwachsen als Mähne Medusen
lebendige Mähnen die mit ihren Fangarmen fuchteln
die Mähnen fangen Menschen ein und fressen sie
die Saugnäpfe saugen sie aus als enthielten sie Wasser
nur die Brustkörbe bleiben übrig und fliehen
Brustkörbe sind's leer wie Hunde
Brustkörbe mit blauen Kußflecken
Brustkörbe die von den großen Zähnen der Felder gebissen
    werden
die blauen Bißmale bleiben auf den Feldern
wie riesige zahnlose Mäuler
sie zerbeißen die fliehenden Lianen
die Lianen in Stücke gebissen richten sich auf
an ihrer Spitze prangt bedrohlich
der lederne Saugnapf auf dem die Mäuler schlafen
Mäuler flink wie Eidechsen
Mäuler die sich zwischen Steinen durchschlängeln
sich unter Pflanzen ringeln und wie ein
beängstigender Vorhang über den Blumen hängenbleiben

Diese Blumen beißen die Eisenbahnzüge
die Wasser fließen durch sie wie durch Siebe und hinterlassen
die geschwollenen Leiber der Muscheln

welche die Zugabteile düngen
die Menschen ziehen sich die Haut in Flammen von den
   Händen
würgen sich unter den Vorhängen
die Vorhänge lecken gravitätisch die Luft
und fließen träge gleitend über die Hände hinab

Das Erotische Pferd spaziert über die Häuser
Das Erotische Pferd das die Frauen wittert
Das Erotische Pferd das aspirierende Sandalen hat
Das Erotische Pferd aus welchem Fächer sich ergießen
Das Erotische Pferd das in der Hitze schmilzt wie Wachs
und aus dessen großen Tropfen Statuen erwachsen mit Brüsten
Statuen die in den Städten spazierengehen wenn es warm ist
und ihrerseits in vagen Wassern zerfließen
welche Wasser weiterführen zu den fleischernen Straßen
in denen es glitschig ist wie in einem Schlachthaus
die Wasser die du erwartest daß sie heranpreschen mit
   gewölbter
Brust wie ein Paradepferd
das mit Bindfaden an den Mauern festgebunden ist

Wütend brechen die Wasser herein die Brust sprengt die
   Bindfäden und weiter wallen sie zu neuen Formen
wo das Erotische Pferd im Schatten schläft und träumt
von Frauen die entrückt auf seinem Rücken gehen
wie auf einer Brücke über Schluchten
ohne ihn zu berühren
Frauen die sich wie im Traum an den Händen halten
mit halbgeschlossenen Augen

Sie sehen die Sonne nicht
sie sehen nichts
sie denken nichts
sie gehen weiter und das Erotische Pferd wittert ihren Sattel

mit dem Fingernagel
zieht es ihnen die Kopfhaut ab und hängt sie vors Fenster

Durch dieses Fenster sieht man klar wie durch einen gläsernen
Huf
der bei der ersten Berührung mit dem Asphalt zersplittert
ein Huf der zur Flamme geworden ist die Städte verbrennt und
die Menschen
ein Huf der selbständig trabt und dabei zuckt
wie ein Vogelherz
ein Huf der sich freut wie ein Kind wenn er
den Lebensbaum trifft mit Blutegeln an den Brüsten
von dessen Früchten man durch diese Egel trinkt
der gute Saft des Traums strömt durch diese Egel
sie schwellen an zu Pfropfen in den japsenden Mäulern
die Finger tasten nach der Gurgel entfernen sie schleunigst
    und legen sie
neben eine Brotwurzel
die Wurzel wächst groß wie der Horizont und aus ihr
quellen Millionen riesiger Schmetterlinge
Schmetterlinge mit Flügeln wie Häuser
die Orkane auslösen
Schmetterlinge auf deren Rücken Szenen der Nacht gemalt sind
die großen Schmetterlinge die den Schlaf bringen
indem sie ihre Antennen quer durch unsere Köpfe fahren
und unsere Träume aufsaugen
die Schmetterlinge die blutrünstig unser Gesicht abnagen
und aus dem verkrampften Brustkorb
Hände hervorholen die sich aufs Abnehmen von Totenmasken
    verstehen
Durch ihre Finger rinnt der Gips
der sich auf dem Gesicht breitmacht wie eine weiße Wunde
er rinnt hinunter erfaßt die Luft unter den Körpern
und ergießt sich über den Brustkorb wobei nichts
frei bleibt als die beiden kleinen Hände

die heftig flattern
während die Dickmilch des Gipses fließt
wie Salz über den Wellen

Jetzt sind die Schmetterlinge zu riesigen unbeweglichen Statuen geworden
und ziehen sich mit einem letzten Gruß zurück
die Menschen klammern sich an ihre riesigen Flügel
dabei entgleitet ihren Armen
die Wolle des Schlafes wie ein großes Wasser

(1938)

Die Beschreibung des Turmes

„… und da er einem Widder den Balg abgezogen, hielt er sich den abgeschnittenen Kopf des Tieres vors Gesicht, zog sich sein Fell über, und so zeigte er sich …“
Herodot

WAR DAS EIN GRAS

Ich hab alles getan was getan werden mußte bin barfuß gelaufen
 hab im Anzug am Ufer gesessen
war das ein Gras ich flog drüber hin wie ein nasses Flugzeug
ich erschien wie der Traum eines Wilden wie eine große Libelle
 setzte die Deckflügel ein machte Lärm
hätte ich ein paar Töne abgeändert wäre mein Rascheln zur
 allgemeinen Genugtuung schön geworden
jetzt steh ich mit diesem nassen Talar an der Tür damit die
 Leere angenehm ist
am Neajlov an der Tür Jemand macht mir Zeichen zeigt mit
 dem Finger aufs Wasser
dort sind unsere leicht flimmernden Bildnisse eine Art blaues
 Fernsehen wir wollen lächeln unser linkes Auge ist
 nicht zu sehen
Jean-Jacques kommt vorbei die Flasche in der Pluderhose jetzt
 ist er an der Tür
laß ihn nicht rein laß ihn zittern laß ihn hundertmal alles
 auswendig hersagen was er bis zum Tod begriffen hat
 von der Unordnung der Welt am hellichten Tag
laß mich los damit ich deine Lampe anzünde damit ich in dein
 Baumwollhemd weine
jetzt bin ich an der Tür jemand zeigt mir mit dem Finger eine
 Einzelheit
über die ich nichts zu sagen brauche

es prasseln die Prügel auf uns herab das Boot voll Brot fährt
vorbei
legen wir uns auf das Brot auf die Beete der Melancholie
lieben wir uns bis zum Tod an der Tür

es prasseln die Prügel ich rede leise ich streiche deine Brücke an
die Karpfen reiben ihre Rücken an meinen weißen Strümpfen

AUF DEM ETWAS WEITER SÜDLICH GELEGENEN BERG

Ich friere breit du einen Flicken aus Stoff über mich ein
  Stückchen Papier
was auch immer damit wir auf dem Fußboden sitzen und mit
  dem Kinn in der Hand üben können die Begegnung der
  Blicke
laß dich neben mir nieder damit wir uns aus nächster Nähe
  lieben können
um uns flattert ein silbernes Band
die Katze ist geflogen gekommen und hat sich an mich geheftet
  wie an einen Magneten
ein heilloses Durcheinander überall laß dich neben mir nieder
damit wir die beiden Nymphen beschwören die wir noch
  kennen
beide sind abgehauen haben Fersengeld gegeben sozusagen
mit lockeren Reizen keine Ahnung haben sie was noch zu
  hoffen ist vielleicht heiraten sie
auf Familienhochzeiten zu denen die Braut die Einladungen
  tippt
und wir die wir immer schon elektrischer waren Glückwünsche
  schicken
entschuldige daß ich dich mit diesen Tränen naß mach ich hab
  halt so Momente
laß dich neben mir nieder mal mich in meinem feuchten Loden
ich bin nur vorübergehend hier leg einen Finger auf meine
  Schottenmütze

DAS EINE ODER ANDERE

Von meinem Posten auf der Treppe aus exhibierte ich
wesentliche Dinge die ich ebenso treuherzig verachte
herunter stieg eine Berenice fragte nach meinen Papieren
eine nebulöse Mutter sozusagen entflammt
wie ein kalter Wasserfall ich starb auf ihrer Barrikade
sie trug luftige Kleider eine Baskenmütze sie wußte einige von
unseren zweifelhaften Wahrheiten
einmal im Wald hab ich mit ihr gesprochen
du meine schweigsame Schwester was hast du denn dort
gearbeitet in jener Kantine auf dem Feld
dort hab ich dich zum ersten Mal gesehen und nur die Wolken
bedeckten dich
sagte ich zu ihr Am Anfang packte mich das Entsetzen ich
mußte mich zurückhalten ruhig bleiben
komm schon du wir wollen lieben wir beide setzen wir uns doch
auf diese modrige Bank
ich bitt dich drum so wie du bist mit deinen gelösten Haaren rot
wie die Eitelkeit älterer Semester
es gibt dort einen Ort wo es ginge
ich hab ein unglaubliches Vorgefühl für etwas das ganz nah in
der Erde ist
sagte ich zu ihr glaub mir (hätte ich zu ihr gesagt) dort ginge es
dort im seltsamen Spiel unserer verbotenen Zonen
schleppte jemand Reisig man hörte seinen Schatten rascheln

ich ging mit ihr durch den Nebel sie ernährte mich hüllte mich
ein mit ihrem Wachs

ZENOBIA

Unter meinen Abgängen
gab es auch eine Zenobia mit Beinamen Verweigerung des
falschen Bewußtseins
auf einer Landstraße sang sie Kopftücher trug sie
wir beteten uns an sie kannte zwei drei kürzere Wörter einer
unbekannten Sprache
ich kam einsam daher wie irgendein menschliches Wehesen ich
betete sie an tat als bemerkte ich sie gar nicht
zog meine Kreise immer enger um sie auf einem Lastauto
kauernd zwischen Zeltplanen und Marmorbüsten
bei ihr angekommen sprang ich ab ging in die Telefonzelle
wählte irgendeine Nummer entschuldigte mich
dann kauerte ich mich neben sie es war vielleicht das einzig
mögliche Glück

angenehm war es wir streckten unsere Glieder durchtränkt von
der Erinnerung einer uralten Anbetung
mit glänzenden Augen in denen die starke Anbetung saß
wir blödelten philosophierend herum fühlten uns wohl
weit weg verirrt von Scheinwerfern geblendet
sie konnte nicht umhin mich anzubeten war sie doch ein
menschliches Wehesen
die Finger hielt sie gestreckt auf gestrecktem Schenkel
wir beteten uns an Wozu brauchst du eigentlich diese ziemlich
kurzen Wörter
(oh wie sie sie aussprach wie herrlich wir doch beide waren
in der Anbetung des andern)
vergiß sie nicht diese Anbetung was wärst du für ein Wehesen
ohne sie
ich kenne einen Vogel der uns anbetet er sieht uns gar nicht
legt uns nur die Kralle auf die Stirn

in ihre große Verklärung geleitet uns eine mit Beinamen
    Zenobia über eine internationale Landstraße
was wärst du eigentlich für ein Wehesen und nicht genug damit
    willst du auch noch diese Büsten am Straßenrand aufpflanzen
notier dir die Anbetung im Terminkalender

wir lagen da mit gestreckten Fingern
ein gelbliches Licht war etwas zwischen Blitz und Eis
unser Atem übertönte das Dröhnen alles wiegte sich still
ich erschrak vor meiner grausamen Klarsicht

DER DIWAN

Entstellt durch die brutale Technik des Exempels
nehmen wir sobald uns jene standhafte Verlobte begegnet
eine Leiter steigen auf ihre Schultern nisten uns dort auf dem
    Diwan ein
und meditieren über dies und jenes

du unsere Stimme zittert ein wenig wenn wir an sie denken
in uns ist das fremdartige Schwappen eines uralten Wassers
wir sitzen auf dem Diwan die Hände vor den Augen die
    Unwissenheit vor dem Mund
und lauschen seinen unkontrollierbaren Echos
da schau wie tief das Wasser ist es reicht bis zum Himmel
ich will sagen es raunt uns etwas zu
und wir verstummen in der Verständigung

Die Melancholie der Entwicklung

REGENSCHIRM EHRENHALBER

Ich bin in einer dermaßen reinen Landschaft gewesen daß ich
mich richtiggehend beschmutzen muß
        Kam ein Fräulein wir küßten uns im Dunkeln (nun wenn
        du's bist bring mir die Pfeife dort ich hab sie auf dem
        Tisch liegengelassen) Aber nichts passierte denn da waren
        noch ein paar Erfahrene jeder für sich faszinierend
sie versteckten sich im Schilf und in der Erde
sie ertranken und erzählten von ihrem Spiel unter Wasser
sie waren schön mit ihren nassen Kapuzen

ich hatte mich im Glockenturm untergestellt
eine Männin theoretisierte sich an der Mauer einen runter
sie entschuldigte sich ich antwortete macht nichts menschliche
    Bedürfnisse halt

ein paar Kinder krochen in ein Schneckenhaus

ZEITANSAGE

Da sind wir wieder und tragen unsere kalten Statussymbole über Wegkreuzungen auf Terrassen unter Soprane die wann immer bereit sind über die Vergnügungen dieser Jahreszeit zu plaudern

da ist auch das Blinde Meer mit seinen chaotischen Inseln der Sand der am Horizont flatterte und wieherte sooft er einen Menschen witterte

vorbei kamen Wehesen mit gipsernen Beinen sie sangen stellten sich vor die Spiegel zerkratzten sich die Wangen drehten ihre Schulterblätter zur Sonne

und da ist zu sehen wie der Pohet ihnen sagte daß es gar keinen maggior dolore gibt sogar ein Kleid hatte er an er ist schon lange tot

und da sind wir auf den Masten zu Matapan (mir wäre lieber ich könnte es euch verschweigen)

wir klettern auf die Masten brüllen hallo und verunsichert antwortet jemand hallo

und da sieht man uns schlafen auf Reisig und Äderung

weck mich leise erschreck mich nicht

DIE ZUCKUNGEN EINES REICHES DEM ICH SCHON LANGE NICHT MEHR ANGEHÖRE

Spät als ich mich auf ihrer Höhe befinde
tanzen ein paar Mädchen vielarmig im Dunkeln jetzt sind
sie stehengeblieben
sie laden mich ein bitte wir haben sogar Tonbänder von
einem der singt bis er stirbt
oh wie wir ihn tragen im Ohr und wie er singt immer das
Gleiche
oh seufzen wir was gestaltest du da was bedeutet das
komm umarmen wir uns doch alle leben wir uns doch
alle
fragen wir unsere Schuhe ob es uns gibt
und laß uns doch schweben durch eine Landschaft in der
jeder Außerordentliches vom anderen glaubt
er aber geht rollt auf das Äulein zu oh wie er singt des
Nachts auf der Brücke
von dort kehrt niemand zurück
abmähen müßten wir Wasser und Nacht damit von seinen
Spuren nichts übrigbleibt

ich rede mit ihnen das ist ein recht schwieriges Spiel
manche sterben silbern sind sie und schwimmen auf dem
Wasser
einige rauchen am Himmel die Glutenden ihrer Zigaretten
leuchten auf sie führen uns in die Irre

LANGE SCHON NIEMAND

Ich war wie ein Himmel über den Himmel gereist
In unbeschreiblichem Gedränge mitten unter Schmuckstücken
unter Wundern wo sich ein Wassernapf befindet und ein Stück
Brot vom Regen aufgeweicht

so geschah es daß wir die wir die Höllen und Paradiese
der Welt in uns trugen
kaum noch Platz fanden auf dem Sofa und in unsern Leibern
eine große Nostalgie bestand
so geschah es daß wir uns durch gelbe Nebelbänke wälzten
wo die Liebkosungen der Frauen verwoben waren mit dem Flug
der Wildenten
und daß wir vielleicht selbst verwildert von allzuviel Einsamkeit
vorbeistrichen wie Schatten mit Unkraut auf den Schultern

die Fische reckten die Köpfe aus dem Wasser beäugten uns
erschrocken und sagten geht zum Teufel
was stellt ihr euch so an und weint über den Wassern
laßt uns in Frieden mit unseren geruhsamen Träumen
mit unseren toten Musikanten die auf Veranden für uns spielen

nachts wenn die Schlangen stumm zu den Eutern der Kühe
krochen
ging ich im Wald spazieren
am schwarzen Wasser wo die Bäume badeten
ein hochgewachsener Mann war ich hockte mich auf einen
Sessel
Mädchen waren da mit sehr langen Wimpern die konnten
Algebra
Wörter sprachen sie wie Särge und legten sich darin schlafen

auf dem Rücken trug ich das Fell eines schwarzen Stiers
im Winter wickelte ich meine Füße in Stroh striegelte mich
mit der Bürste zählte die Staubfäden wie beim Militär
und eine im gestreiften Trikot stieg mir frenetisch auf
den Rücken

es folgten Beschimpfungen eine halbe Stunde lang
sie lehnte sich an die Theke betrachtete sich in den Spiegeln
verteidigte ihr Beispiel sie kannte die Wörter vergaß aber ihre
Bedeutung
sie sagte sie würde mich umbringen wie den Dichter Mihail
den die Krankenpflegerin Dobrița geliebt hat
dann beruhigte sie sich wir fanden uns wieder makellos
wie der Diamant
he du sagte sie ich hab nix mit dir was denn schon
da ist ein bissel Gras mach Pipi
ich werd ein Fenster aufmachen damit du wenigstens ein
Vorgefühl kriegst

ein Gefahrenzustand war's ein Pergament aus meiner Haut
gemacht

DIE GRAMMATIK DES LABYRINTHS

Bevor sie starb hatte Mutter einen Patriarchenbart er war ihr in der Zwischenzeit gewachsen Sie sperrte mich auf dem Dachboden ein in weißer Unabsehbarkeit in einem Wald ohne Erinnerungen

damals gehörte ich jener sicheren oft verlorenen jedenfalls unsichtbaren Gemeinschaft an die irgendwo in der Verlängerung unserer selbst besteht in einem Gefilde wo ich zwischen weither kommenden Verklärungen und Schatten spazierenging

unbestimmt wie eine Kühle (ich spreche aus Gewohnheit über mich)

dort zwang mich ein riesenhaftes Weib ihren Kahn auf der Brust zu tragen Sie erfand noch einmal die DISKONTINUITÄT Der Grashalm überwucherte unser Schloß Auch die Umdrehung hatte sich schon verflüchtigt

sooft sie mich besuchte schüttelte sie meinen Teppich aus wie aus einem Holzeimer soff sie aus mir

dort gab es einen Nagel der redete mit uns

VERGESSEN IM SCHILF SEIT FÜNF STUNDEN

Bleib bei mir damit ich mir deinen Reiseschleier übers
    Gesicht ziehen kann
und über die Lider was weiß ich welches Blau
damit ich mit der Hand als Schirm über den Augen nach rechts
    und nach links schauen kann
zu den Nestern die uns rechtfertigen
damit ich mit straff gestrecktem Bein vor dir paradiere
    mich anständig benehme
mir Blei in die Hemdtasche gieße über alles was sonst noch
    da drin ist
damit nichts bleibt als der Nebel in dem wir geboren wurden
    aufgewachsen sind und wo uns so etwas wie
    Sanitärinstallateure aufgesucht haben

oh welch Sonnenauf- welch Sonnenuntergang und ich gehe
    übers Wasser mit meinen gelben Schuhen wie ein
    weitgereister Forscher
du aber gibst nicht nach du erwartest das Auftreten eines
    ungesunden Schwindelanfalls
umsonst geh ich auf die andere Seite seh hinauf nach den
    Störchen
wer bist du eigentlich Mann und was suchst du in dieser
    Gegend wo sonst keine Menschenseele zu sehen ist
wie ein Halbschatten bist du aufgetaucht und ich versuche
    dich zu überzeugen daß du dich in der Adresse geirrt hast
aber du läßt nicht ab denn warum sollten wir klein beigeben
    wie die junge Wertherin
was ist schon dabei Auf der ganzen Welt sind die Verliebten
    entschlossen
einer spielt ihnen auf der Harfe vor und sie halten Händchen
    und weinen
und entschlummern in ihrem Zustand virulenter Grazie

Die Veränderung der Dinge

DER SEILGEIST

Des Teufels rauschten Pappeln in der Finsternis
es war kalt ich war naß und hatte ein wehes Gemüt
wenn ich mich anlehnte zerrte ihre Rinde an meinem Hemd
weiter unten harkte einer mit ergrautem Schopf
er bat Passanten um Tabak der eine oder andere
entgegnete leise »paß ja auf«
nach Kräften grub er schrie mich an »paß ja auf
schau es regnet wieso läufst du denn nachts allein herum
in deinem kirschroten Mantel
geh besser ins Haus leg dich auf den Fußboden
vielleicht kommt der Seilgeist und zeigt dir
wie man strampelt bis man obenauf ist«

ÜBER DIE OHNMÄCHTIGE FRAU

Das stünde mir wohl an zu meinem Hut aus Lehm
Am Ufer des Euphrat in maskulinen Wassern
neben der Ohnmächtigen Frau
Die Schläfe gepreßt an ein Brett würde ich ihr schildern
wie sie mich beispielsweise in Briefen
verehren könnte
»denk doch ein bißchen« würde ich zu ihr sagen »an unser
    täglich Abenteuer
grad jetzt da du dich tiefster Ruhe hingibst
grad jetzt da du mein ärmstes aller Täubchen
zu fliegen versuchst während ich
erstarrt und einsam daliege die Schläfe gepreßt an ein
    Brett«

ZUR STUNDE ALS ICH VORBEIKAM

Ich weiß noch alles jeden Augenblick hab nichts vergessen

Zur Stunde als ich vorbeikam am Obst- und Gemüseladen
irgendwo auf einem kreisförmigen Platz da erschien etwas
    Ungewisses
die Alten behaupteten es sei die herumirrende Kuh von der wir
    abstammen
»wenn du zu ihr gehst« sagten sie »paß auf
daß sie dir nicht verdammt noch einmal die Knochen bricht
    und dieses Kind dann um dich weinen muß«

am Horizont versank statt der Sonne eine Frau
gleich einem Schilfrohr in rubinrotem Samt
glutvoll über und über ich betrachtete sie gern
meine Güte was für Arme was für Beine rubinrot und rund
»ich schenk dir meinen Brustkorb« rief ich ihr zu
mein großer Bruder im Sarg haute mir übern Schädel
»marsch an deine Hausaufgaben du Schweinehund« sagte er
(»in seinem Innern saß die Kraft drum ward Kadaver er genannt«)
»marsch an deine Hausaufgaben« und haute mir übern Schädel
ich schrie wie am Spieß Vater kam auch er war vor einiger
    Zeit schon gestorben
»was ist denn los Kinder« fragte er gütig
»ein Schweinehund« antwortete mein Bruder »das ist er«
ich rannte in den Garten ließ sie disputieren
trat mit dem Fuß gegen die Bäume schrie wie am Spieß

um diese Zeit blieben in den Bäckereien
die einen oder anderen stehen um Atem zu holen
sie sprachen über die finsteren Vorkommnisse um die
    Verirrten in der Dämmerung

AUF DEN HÜGELN DER WELT

Heruntergestürzt wie ein Trumm mit steinernen Ohren war ich
auf die Hügel der Welt in die Feuchtigkeit umkreisender Gesten
innen – nichts als Wasser und Nacht
und der taube Sproß hämmerte wutentbrannt auf dem
 Klavizimbel

DAS EI DER TOTEN (DER ENKEL DER HENNE)

Alles ist vorbei und niemand mehr weiß
wie wir uns im Untergeschoß mit jener Debütantin vergnügten
zufällig Laura Wierme genannt
(schön war sie geschminkt nichts zu sagen
und er stand ihr gut der blaue Mund)
wir drängelten ließen die Schultern kreisen
stampften hart auf den Fußboden brüllten
»wer geht vor wer ist der erste«
und so fort bis einer gewählt war
der machte sich eilig auf ohne Ausrüstung ohne Kompaß
die Augen stierten in die Finsternis die Füße liefen voran
er klopfte mit dem Stab an die Tore sagte er sei der Müllmann
er lief immer weiter bis zum Schilf Dort war es Nacht
der Mond erlosch zum letzten Mal und niemand ging mehr aus
    dem Haus
die Toten schickten sich an in ihr Ei zu schlüpfen
wir warteten auf den Kundschafter hofften er würde
    wiederkehren doch er
ließ uns sagen er bleibe mit jenen zu leben im Ei
»ich bin der Enkel der Henne« erklärte er uns »ich bin
    26 und das Mädchen 3«
Daraus sprach sein Verständnis von der Schöpfung und vom All

FRÜHER ODER SPÄTER

Früher oder später wird die Studentin Leonie oder eine
andere die uns längst vergessen hat
inmitten stiller Gräser in urtümlichem Schmerz
sich an uns erinnern und traumverloren sitzen
im Amphitheater auf einem Sessel in diamantenem Feld

dann werden Blumen wachsen in ihrem Mund
und wie eine Spinne wird Leonie ihre Zunge weben
während ein blutbefleckter Jäger
in furchtbarer Liebe um sie herumhüpfen wird
in ihren traumlosen Träumen werden wir
Nacht spüren soviel wie jeder von uns ertragen kann

DIE INSELN DER GLÜCKLICHEN

Es war Frühling ich saß am Fenster es regnete
gern hätte ich ein paar von meinen schönen Pohemen
    gebrabbelt
da erschien keiner weiß woher eine junge Hanska
wir setzten uns nebeneinander mit dem Rücken zur gleichen
    Wand
Es herrschte eine unnatürliche Stille wir saßen in
    krampfhafter Erwartung
jedenfalls belauerte uns ein Unsichtbarer
die andern saßen vor dem Fernseher Und was wir doch für
    eine Sprache sprachen

es war Frühling hemmungslos heulte ich
bald verzweifelt bald glücklich nie weder noch
in der Höhe rauschten Adler und jene Hanska in gelbem
    Sackleinen war längst in den Wassern der Vistula ertrunken
von dort aber beobachtete sie mich zunehmend nachdenklich
    und schickte mir eine Karte
sie schrieb »es ist aus mit uns«

draußen an einem gekröseblauen Himmel drehten
ein paar Uhrwerke ihre funkelnden Zeiger auf Hochtouren

EINE BLEICHE REISENDE EINE DAME

Eine bleiche Reisende eine Dame kam mich besuchen
ich sammelte Steine weiß nicht mehr wozu
ich flüsterte eine jungfräuliche Zahl die noch niemand
kennt
nachts schlief ich im Boot spaltete Holz spülte
Einweckgläser
sah auf die Uhr »jetzt ist sie auf dem und dem Bahnhof
komme was will« ich ging zurück nach Hause öffnete endlich
die Fenster
der Mond ergoß sich auf dem Dachboden über meine Knochen
ich krähte etwas von einer großen Liebe weithin war es
zu hören
»komme was will« ich sah in den Taschenspiegel zu sehen
war ein anderer
ich glaub es war Winetuh mit seinem salzüberkrusteten
verwesten Gesicht
ich sah auf die Uhr »jetzt ist sie auf dem und dem Bahnhof«
ging in den Wald
dort erfreute ich mich an getrocknetem Laub bedeckte
meine Knochen komme was will
»komm schon meine Dame« (seufzte ich) »stell etwas
Trinkbares auf den Tisch einen Hochzeitstrunk
für einen längst gestorbenen Kindbräutigam«
und wo bin ich geblieben und was bin ich geworden seither

ÜBER DEN UNTERIRDISCHEN WEG

Ich hätte früher über all dies reden sollen
über meine Reise auf einer Tragbahre vorbei an der
Assan-Mühle
zeigen hätte ich sollen wie ich ein Wägelchen mit dünnen
Speichen schob
wie ich mich mit Höchstgeschwindigkeit zwischen den Autos
durchschlängelte
eine laufende Starre gleichsam
wie ich weder rechts noch links sah und Zeichen machte
wie ein Blinder Zeichen machte wie ein Krüppel

ebenso glitt durch die Straßen der Stadt unter schwarzen
Glühbirnen
ein großes Schiff mit Wolle beladen und ich
(Geliebte) wollte dich huckepack durch den Nebel
spazierentragen
über meine Asche die Asche eines Magnettieres
während mir die Baskenmütze über die Augen rutschte
und der Wachhabende am Heck mir zurief »du Klugscheißer
komm runter mir kommen die Tränen wenn ich dich so sitzen
seh
mit dem Gesicht in den Händen am Dachrand
komm ich heuer dich als Flibustier an nur schade daß du
noch nicht geboren bist«

DIE LEBENSLEITER

Als der Alte gestorben war
trat ein scheues Hähnchen in seine Stube
streifte die Flügel ab zog die Krallen aus
und legte sich aufs Bett

da blieb es etliche Tage
schlief wie die Menschen auf einer Seite das Polster unter
den Kopf geknüllt
und sah uns nur mit einem Auge an
»der Alte ist wieder da« sagten wir »er schläft jetzt
bewegen wir uns sachte damit wir ihn nicht wecken«

Das blaue Ufer

DER GLAST DER WASSER

Wenn du den Mast hinter dir läßt beginnt der Glast der großen rechteckigen oder quadratischen Wasser welche die ganze Erde bedecken In deren Mitte errichtet der nasse Sand unablässig eine Pyramide ohne Vergangenheit und ohne Zukunft

dort steht zwischen Traktaten zur Logik die er aufrichtig liebt der lange schon tote Alexiou bis zu den Knöcheln im Wasserglast er der Materialversorger mit Würmern in der Nase wie Enkidu
er krault der Agonie des Schlafs den Rücken

»bist du mir böse« ruf ich ihm zu er antwortet nicht und geht weiter

es kommt ein Mädchen mit einer Hadernpuppe im Arm Häßlich ist sie die Ärmste Ich betrachte sie mitleidig und milde Sie ist schon lange meine Freundin Sie bringt kein Wort heraus Ich schweige ebenfalls Dann steht sie auf um dorthin zu gehen wo offenbar Alexiou sein Wesen treibt

»ein Imaginärer bist du« ruft sie mir zu »ohne Vergangenheit und ohne Zukunft«

stellt euch ihren Erzählgestus vor

denkt doch vor allem anderen an einen aus einer Höhle entkommenen Blinden mit grauem Wasserglast in den Augen der das gestickte Brot seines Innersten ißt (wobei er den Fuß auf mich setzt)

und jenseits ohne Vergangenheit und Gegenwart sacht schreitet über den Glast lebendiger und toter Wasser

DER FRAGER

Es war eine betörende Stille ein langsames Versinken eine gefährliche Leere erstarrt in ihrem Raum von Kletten und Nesseln unter denen die Schlangen unhörbar und unsichtbar wimmelten

vielleicht legten auch die Schnecken ihre durchsichtigen Häuser dort ab betrachteten sie eine Weile verständnislos und machten sich dann auf den Weg zu ihrem Friedhof bei den versengten Weiden

mit geschlossenen Augen kamen wir uns irgendwie unverwundbar vor gefeit durch eine seltsame Nachbarschaft obwohl wir den nostalgischen Kreislauf der Leere in der Nähe spürten

wir hielten uns still abseits nichts rührte sich es regte sich kein Blatt als einer von uns eingeschlafen war und im Schlaf murmelte »aber warum«

DIE ANKUNFT AUF KYTHERA

Wie schön es uns doch schien an den Schranken die sich öffneten vor der Klarheit unserer langsamen Zeichen

es war wie in einem Traum und es war ein Traum Als hätte sich jäh der Eingang jenseits von Brausen und Schrecken aufgetan

von überall sandten die Musiken verzehrende Echos und wir schleppten uns verirrten Boten gleich kaum noch über die soeben aufgetauchten Wiesen

auf die Finger an unseren linken Händen setzten sich unsere Eltern verwandelt in bläuliche Vögelchen

auf jene an unseren rechten Händen setzten sich wie Tauperlen die verstorbenen Schwestern und Brüder

und alle waren wir vergessen und unerkannt vor lauter Brausen und Schrecken

DAS ENDE DES WEGES

Als wir ankamen waren wir alle fünf wir die drei Lebendigen und die beiden Toten wie Fünflinge vom Rost des Alters befallen denen die Namen und die Schritte durcheinandergerieten Es wurde Abend und über uns krähten die unsichtbaren Hähne Das Licht stürzte rasselnd auf den Horizont herab

vor uns tauchten riesige Eichbäume auf Wir drei Lebendigen schienen über die Neunzig hinaus zu sein Einer von uns der Geograph fluchte über Anden Kordilleren und Himalaja und die beiden Toten lachten ihn aus fragten ihn ob er unter dem Bart einen Schlips oder eine Künstlerschleife trägt

dort in der Weite blieben wir stehen Die Toten wälzten sich in den Blumen Ihr Mund war gelb vom Blütenstaub In den Augenhöhlen hatten sie Weizenkörner Wir (die drei Lebendigen) lehnten uns furchtbar erschöpft an einen Eichbaum Wir wimmerten wie die Säuglinge er hob uns auf und wiegte uns

AUF EINEM DIWAN IN DER AUFGELASSENEN SCHMIEDE

Ich lag auf einem Diwan in der aufgelassenen Schmiede auf dem Rücken und hörte wie jemand versteckt oder unsichtbar etwas in seiner mir unbekannten Sprache flüsterte

dann und wann erkannte ich wie einen Weckruf eine Silbe Sie besaß eine besondere Klarheit wie der Anfang eines Mantra-Spruchs

es klang wie dessen Echo oder wie der Atem eines unwirklichen Wals der hoch oben unter blutrotem Himmel im Schnee begraben lag

er stammte aus einer verrückten Semantik starb am anfänglichen und wurde geboren am endlichen Ende

aus meiner Entfernung hörte ich ihn wie er in mir etwas flüsterte wie das Bruchstück eines Namens Sein Echo klang wie AUM und ging durch die begriffene Welt wie der Nachhall eines Flügelschlags auf jenen Ort zu wo es nicht einmal mehr die Mutter meiner Erinnerung gab die vor langer Zeit begraben ward unter blutrotem Himmel

CON AMORE

Wie könnten wir mit blinden Fingern die Spur ablesen eines Pfades zu einem Irgendwas das wir nicht kennen

oder zum weiteren Zeichen in einem Garten deklamieren die Poeme des haarigen Poeten und damit die horchende Aufmerksamkeit der Bäume enttäuschen

oder in einer immer noch rohen Welt streicheln die von der Erde gelösten Stämme

oder irgendwo in einem bestimmten Wasser beim Baden erfaßt werden von einem lichten Wirbel der uns zu ertränken vermag

jedenfalls ist ein Teil oder unser Ganzes eigentlich ohne Ende es bewegt sich und verschwindet wie die Erfüllung einer traurig verlorenen Botschaft an die auch nur zu denken uns verwehrt ist und die ihre stumme Erstarrung nach sich zieht

und wir befinden uns noch unterm Himmelszelt im Gesumm der pektoralen Biene

DAS SCHLANGENHEMD

Hingestreckt in seiner Dimension diesseits des Abstiegs und herabgefallen wie ein Stein bei der verzweifelten Erschütterung seiner Beständigkeit nach einer Geburt aus den Wehen des eigenen Wesens
verließ es seine stumme Beschaffenheit um zurückzufallen in das Schweigen des Lebens

woher aber kam diese Verwandtschaft mit dem Unterschied woher das folgenlose Umkrempeln zu einem und demselben Ding woher auch das qualvolle Abstreifen (nach sich hinziehender Vorbereitung) welches das marmorne Ei enthüllte und den Fahrradschlauch aus vermoderten Blättern

wobei dies alles zufleiß nur Zufälle sind und keine Beschreibungen

DAS PRALLEN

Ihr Prallen gegen das durchscheinende Fenster das vor den Himmel gespannt war ließ ihre Schläfe wieder und wieder bluten

dann zog sie schreiend dorthin wo die heimischen Wälder enden Doch nach einiger Zeit kam sie wieder wie um selbst Zeugnis abzulegen von dem Wunsch nach Selbstvernichtung verhüllt durch ihre Ohnmacht und ihren Gleichmut

ich will sagen sie war außerstande die Kraft eines schützenden Entschlusses wahrzunehmen

»wieso bist du gekommen« fragte ich sie und sie weinte das Haar schimmlig von Regengüssen und ohne Gesicht hinter dem Rücken der Leute

dann schien es mir als zöge sie die depressiven Felder entlang und trüge ihren Adel und ihre Fremdartigkeit behutsam an Orte die selbst unbestimmt sind

ÜBER GLEICH UND VERSCHIEDEN

Ich denke noch an ungenannte Pflanzen an deren Unbeweglichkeit sich wie an einem spröden Modell unser ganzes Ringen offenbarte

und kraft einer leeren Dopplung lauere ich dem Selbstverständlichen auf das in jenseitige Zonen zersetzt wird – die einschränkende Schuld der Wände und jeweils ein Verschiedener in jedem während die anderen einander verließen

oder ihre Last auf sich nahmen indem sie sich den Philosophen hingaben

»warum bleibst du im Dunkeln wie in einem Sarg« fragte ich den Verbliebenen – »und ruhst in dir«

»warum sprengst du nicht den Deckel durch Selbstentfaltung und treibst die Wörterherde vor dir her bis zum Abend wenn sie dich wiederkäut«

»während die anderen mit zerfetzten Schwingen deine Auslöschung und deinen Ruin einsingen«

und das ist der Inbegriff des gleichen und verschiedenen Erwachens eines jeden aus einem jeden

Das den Hunden Heilige

Tertulian

MANCHMAL NACHTS

Manchmal nachts blieb ich in Lokalen hängen
bat die Klavierspieler um ein bißchen Musik
sie sagten es gibt keine (das tat mir sehr leid)
ich machte mich auf den Heimweg schleppte auf dem Rücken
    den Wasserschlauch
zwei drei Brote auf einen Draht gereiht ein Buch ohne Deckel
ich trat in den Hof ging zum Pferch
wollte sehn wie die viergehörnte Zicke wirft
auf der Schwelle erwartete mich jemand hinter baumwollenem
    Schleier
»auch ich war zu dritt« sagte ich und er wiederholte »zu dritt«

DAS KREISEN

Entlang der unumgänglichen Mauer
führt der Blinde den Blinden
während mein Kreisen in die Finsternis stößt
jenes Wort welches stiftet
jenes Wort welches nicht mehr benennt

REISEERINNERUNG

Die Pferdewagen durchmaßen den Himmel
ich fürchtete mich vor einem tiefen dunklen Brunnen
du decktest mich zu mit einer Jacke aus brüchigem Leder
und ich weinte in den Finsternissen
wie ein Wickelkind umhüllt von deinen tiefen Knochen
im Augenblick meiner Geburt

DAS FÜNFTE ELEMENT

Jetzt da keine Rede mehr sein kann von einer Rückkehr an Land
sitz ich still und denk an das eine und andre
sitz ich still in einem alten Zimmer hör
Echos die von Blatt zu Blatt sich wiederholen
in einer aufwendigen Dämmerung erinner dich
an das runde Auge des toten Fisches das einzige Auge das
noch das runde Blau des Himmels widerspiegelte
erinner dich still saß ich in einem feuchten Zimmer
in jenem Licht das auf deine nasse Hüfte fiel auf dein
schlafendes Haar
in jenem Mondlicht wie Geheul
und hoch oben flog ein Flugzeug wir vernahmen es kaum nur
wie das Schnurren einer Katze vielleicht weinte der
Pilot dort oben in seinem Cockpit
dann war es plötzlich still und wir hörten das riesenhafte
Stöhnen des Gartens

es war damals soviel Licht daß ich kaum noch etwas sah
doch irgendwie reihte ich Wörter in vollkommener Folge
aneinander
manchmal kamst du mit schweigsamen schlanken Schritten und
ach
wie liebten wir uns blind-kollegial beinah leidenschaftlich
und ach wie fluchte der alte Chauffeur aus seiner Kiste
auf uns herab dann entschuldigte er sich
während die Bande von verruchten Halbstarken ihre Zeit
mit müden Frauen und sonstigem totschlug im Wald
und ich der sich in konquistadorischer Sache dort aufhielt
verfügte
»die beiden Musikantinnen schickt zurück alles andere wird
geschlachtet«

da waren auch noch die Wärme der Ställe die nach Schweiß
    stinkenden Decken die Kasernenträume und die äußerst
    kompetent gestriegelten Pferde
die dunklen Häuser der Vorstadt die glücklich Liebenden
    in den grasbewachsenen Straßengräben
es regnete herab auf den Schrei der Amsel auf meine Herde
    Katzen die Kinder hingen wie Kletten an mir
ich kam vorbei wie ein Vogel wie eine Schnecke verirrt auf
    einem Blatt
dann stand ich in einer Pfütze es regnete still herab auf mich
in einem alten Zimmer mit gestrichenen Dielen modrig vom
    Regen

jetzt ist das alles vorbei stütz dich auf und schau hinaus
jetzt fahren andere in unseren gestrichenen modrigen Kähnen
    vorüber
in unseren Kähnen ohne Ruder
sie fahren vorüber und grüßen sie verstehn sich auf
    Reverenzen die könnten uns was beibringen
sie könnten uns freundschaftliche Zeichen machen könnten
    zu uns kommen mit ausgestreckten Händen
aus den Kähnen steigen übers Wasser gehn
mit Schleiern vor ihren dunklen Gesichtern
man sieht ihnen an daß sie Jäger sind sie könnten die
    Hundemeute auf unsere Fährte setzen
oder uns fangen in ihren hündischen Netzen
jetzt da keine Rede mehr sein kann von einer Rückkehr an Land

GEGEN ENDE DER SOMMERNACHT

Gegen Ende der Sommernacht wenn vielleicht manche noch
  auf das Morgenrot warten
und ich der Archimandrit der Schlangen der Kondottiere
  einer ruhigen Unordnung
der Brandung lausche
jetzt da mir alles egal ist
jetzt da in meinem leeren Zimmer das Telefon läutet und
  die Vögel aufscheucht die zum Fenster hereinschaun
jetzt da ich mit sperrangelweit offener Brust auf ein
  Zeichen warte das nichts besagt
jetzt da ich den Wald mit seinen illusorischen Bäumen
  brennen sehe
jetzt da mir jemand eine antike Münze bringt die wer weiß
  wo gestohlen worden ist
jetzt da von den Balkonen geschossen wird weil jemand dieses
  neue Laster erfunden hat
jetzt da ich daran denke wie sich meine braven Eltern für
  meine Bildung und auch sonst verausgabt haben
lauert mir ein starrer Vogel an einer Kreuzung auf
und ich müder Magister der toten Vögel
fang wieder an Kuckuck zu rufen

DIESE LEUTE MIT BUSCHIGEN AUGENBRAUEN

Diese Leute mit buschigen Augenbrauen
lagen (wie ich mich entsinne vor allem im Herbst) in den Gärten
und lauschten den Worten eines im Gras ausgestreckten toten
    Alten
mit grillenhafter Schleife mit buschigen Brauen
und wie sie so lagen auf dem Rücken in den Gärten
fiel ein rostiger Herbst über den toten Alten
und sie redeten mit gespaltener Zunge über Matzov (noch so ein
    Alter)
»ein Mensch von echtem Schrot und Korn« sagten sie und
    klebten am Harz der Bäume
mit rostigen Augen unter buschigen Brauen

WER SCHON VON ANBEGINN

Wer sich schon von Anbeginn ruiniert sich einläßt auf langatmige Ergänzungen und Vermutungen wer eingeht in eine klägliche Sackgasse oder gar auf das befriedigende Spiel des Unbekannten

wer sich mit allerspätestem Blick hier und nirgendwo sonst niederläßt

wer verdammt ist zu fließen und doch eingebunden zu bleiben in so vielen einfachen Dingen

wer auch im Tod nicht zeigt ob ein Engel oder ein Wolfshund gestorben ist

der bleibt einsam und blind auf dem Scheiterhaufen unantastbar und ohne Anteil an der Verfehlung

Krankensaal 3003

SAGT ES UND SCHWEIGT

Jener in seiner Entfaltung auf einen Abgrund hin mit unantastbarer Oberfläche wies uns schließlich eine Quelle unseres Werdens

»im Zuge einer Abwandlung unseliger Sprößlinge habt ihr euch selbst und all das gemacht was unter den Gestirnen geschieht die eure Erscheinung vorausgeahnt haben

doch jenseits dort wo der Raum unterdrückt ist wo er nur noch auf Karten steht die vor der Zeit der Schöpfungen verlorengegangen sind haben möglicherweise auch andere ihr vorausahnendes Gedächtnis vergessen«

sagt es und schweigt

DIE EISPFERDE

Bald wird alles vorbei sein
und wir werden zusammen verreisen weit hinaus in den Frost
über ein unendliches Feld
bis unsre Eispferde wiehern
bis unsre Eispferde schmelzen unter uns

Das vermählte Messer

IN DEN STÖSSEN DES WINDES

Ich schlief mit einem Erdapfel dann ging ich
und lehnte meinen Rücken eng an einen alten Baum
Paraskiv Nützliche sprach ich ihn an ich bin krank mein
Brustbein tut weh und die Arme sind schwer als sollten sie
    abfallen
laß mich ein wenig an deiner Rinde lehnen
bis ich steif werde neben dir
und mir Blätter über die Augen und aus der Nase wachsen
Der Baum schwieg Ein anderer sagte
du redest umsonst mit ihr denn sie ist es gar nicht sondern
    ihre stumme und trostlose Zeit
die dich kratzen und beißen könnte
komm lieber mit mir wir machen einen Vertrag
sie schicken wir schlafen mit einem Erdapfel
du legst dich unter ein Lastauto ich zünde deine Kerze an
dann schleichen wir uns in einen öden Park
und wanken in den Stößen des Windes vom Jüngsten Tag

DIE GESAMTZAHL ALLER ZAHLEN

Hier irgendwo in der Nähe unter wütenden Clowns
entfaltet sich wie Klapperschlangen im Gänsemarsch die Zahl
jetzt sind die Nüsse schon groß Mutter Meer
verläßt sie ohne Bedauern
jetzt lächelst du und sitzt dabei
die Hände wie ein Regen über den Lidern
die Ohrringe hast du auf dem Tisch mitten unter Eidechsen
    gelassen
und ich frei übers Feld und adieu
an den Ufern der Erde unter bitteren Gräsern
und die Maulwürfe zerren mich in ihr Labyrinth
allein übers Feld und adieu In diesem numerischen Wahnsinn
ist kein Halten mehr

DIE KATASTROPHE AUF DEN ALËUTEN

In den unermeßlichen Weiten des Nordens begab es sich eines
Nachts
daß ich rannte wie ein Gott
zu der Herberge wo man mir den Schal gestohlen hatte
dort im Nichtsein der Dinge samt ihrer beliebigen Benennungen
inmitten meiner Unkenntnisse Ketzereien und Irrtümer
unter weißen Sternen und wer weiß was noch allem
erwartete mich immer noch die Geliebte
in ihrem Schneewittchensarg

und es begab sich daß ich bei ihr blieb
eng umschlungen wir beide unter durchschimmerndem Eis

CUORE

Jede Nacht zu einer gewissen Stunde
schleicht sich ein Hyänenmädchen im Uniformkleid einer
Schülerin bei mir ein
sie wartet bis ich schlaf blau ist ihr Mund vor Hunger
ich steig schnell auf den Dachboden zieh die Leiter nach
»komm herunter ich geb dir was Gutes« ruft sie
»ich kann nicht kommen ich hab Angst vor dir« antwort ich
»hab keine Angst ich lieb dich ich geb dir was Gutes«
und sie lächelt mich mit ihren italienischen Zähnen an
ich überleg auf dem Dachboden zu bleiben dort zu schlafen
zu träumen ich hätt eine Handgranate dabei
sie schreit auf und stirbt ich erwach steig vom Dachboden
sie ist steif wie ein Brett ich klopf daran es hallt
ich überleg zu träumen es sei ein Traum sie sei dieselbe
sie sei meine Mutter verirrt weit weg in Argentinien
ich überleg wir beide sollten Arm in Arm in den Alleen
spazierengehn
ich sollte mich mit ihr auf eine Bank setzen ich überleg
einzuschlafen
ich überleg zu erwachen um nicht zu spät zur Schule zu
kommen
ich zieh meinen Anzug an steig auf den Dachboden
ich hab eine Lehrerin mit italienischen Zähnen sie ruft
»komm herunter ich geb dir gute und sehr gute Noten« (Einsen
und Zweien)
das Hyänenmädchen steht neben ihr schüttelt ein Glöckchen
läutet zum Unterricht
»pünktlich wie immer« sagt die Lehrerin
sie gibt mir eine gute und sehr gute Note
sie lächeln mich beide mit ihren italienischen Zähnen an
blau vor Hunger sind ihre Münder
ich werf die Handgranate die beiden erstarren

ich überleg vom Dachboden zu steigen mit ihnen zu schlafen in
einer Allee
irgendwo weit weg bei meiner verirrten Mutter

DIE SPITZE DER SEELE

Säuge mich Baum mit deinen Katzenbrüsten
denn ich hab mit zwei Soldaten um dich gekämpft
der eine trug weißseidene Strümpfe
der andere salutierte mit gestreckter Zunge
ihre Köpfe flatterten wie Brautschleier im Wind
und mein stummer Zeuge wiegte sich wie eine Pflanze

Krankensaal 3003

WENN WIR UNTER DIE MATRATZEN KRIECHEN

Wenn wir unter die Matratzen kriechen
geht fern in uns ein Wolf vorbei
geht bis zur Brücke und zurück
lang ist es her seit wir ihn kennen aber lassen wir das
und hör auf zu seufzen denn du hast nichts zu verlieren
das Licht stirbt mit dem Rücken zur Wand und es beginnt
die grund- und ereignislose Verwirrung
es beginnen die finsteren Sehnsüchte und Schrecknisse
das Zucken der Formen in einer gnadenlosen Geometrie
es beginnt eine Zeit der Dinge monoton und spektral

DEM DER SCHLÄFT

Dem der im Wachen schläft und sich dem Öl in der Lampe hingibt ihm nur zeigen sich das goldene Vlies und die quastengeschmückten Hörner und er nur hört dünnes Glöckchengebimmel

und naß ist sein Busch von zuviel Licht und entflammt ist das Feuer wenn es ihn prasselnd lockt »schau ich bin fertig«

doch weder weiß noch versteht er etwas von der Ordnung des Scheiterhaufens auch kennt er nicht den Namen der merkwürdigen Flamme die er gedankenlos gezündet hat

trotzdem nimmt er sein Vergessen ruhig auf sich und schneidet weitere Äste und noch weitere

DIE PAPPEL

Zur Pappel an dem angestammten Platz wandte ich im Frühjahr immer meinen Schritt Und sie verharrte all die Jahre in Erwartung und in der Annahme es zieme sich daß ich sie betrachte

und wenn ich hinkam war sie dabei leichten Schnee auf die Welt abzuwerfen in dem ihr aufmerksamer Einwand Gestalt annahm um zu schweben über dem Elend einer Selbstverständlichkeit die sich windet in der Dämonie der Schöpfung ururälter noch als die Bitternis in ihren Träumen

in anderen Jahreszeiten gestaltete sie sich kraft ihres rauschenden Verharrens als exemplarisches Inbild der Senkrechten

und das erschütterte mich schon eher erweckte es mich doch zu dem Verständnis das zurückverweist auf die letzten Anfänge

Zimmer 417

UNS IST GEGEBEN ZU ERKENNEN

Uns ist gegeben zu erkennen den Laut der ertönt verklingt und sich auflöst in Schweigen nie aber ganz und wir ahnen was sein kann wenn er die Muscheln gekränkter Ohren auch nur streift

oder unser Gesicht küßt und eingeht in seine endgültige Blässe

oder uns eintauchen läßt in die Klarheit die sein schneidender Gleichklang gewährt

dann ist es als kehrte etwas von der abgebrochenen Untersuchung zurück und als streue uns die authentische Wolke Blumen auf die Köpfe gegen Abend am Fenster

Zimmer 417

DAS VERMÄHLTE MESSER

Eine Seuche der Gräben kam auf mich zu und erweckte den Anschein als wollte sie nichts nicht einmal einen Namen

zu hypnotischer Gebanntheit versteinerte sie meine Bewegung und erhöhte mich zugleich zum Entsetzen

und als nächtliche Erscheinung legte sie sich neben mich unter das feuchte Laken wie zu einer kalten Pause eingelegt zur Abwehr im Rascheln der trockenen Blätter

und ich hatte nichts als das Messer über der Brust neben dem Schmerz und ich redete ihm zu »vermähl dich mit ihr« und es vermählte sich in bestimmter beständiger und von niemandem noch gesehener Weise

Zimmer 417

DER KINDDICHTER

Von vornherein sollten wir wissen daß er noch unter dem unendlichen Himmel weilend die Strenge gar nicht unbedeutender Grenzen darstellt

auch sollten wir ihn uns vorstellen mit dem seine Brust zerfleischenden Bajonett wie er den Grundstoff des Schmerzes auf den Schultern trägt

oder ihm nachsehen auf dem gesperrten Weg wo ihn die vor Finsternissen starrenden Augenhöhlen führen wie er entschlossene Verweigerungen sowie Verschwendungen starker Knochen und zerbrechlicher Empfindungen zusammenlegt

er der fast unbemerkt vor den Toren vorübergeht und die traurige Armut der vergessenen Wurzeln zum Vorschein bringt

ohne den Verdacht zu erregen daß er doch die Rose sein könnte die durch den Garten läuft

Zimmer 417

Mein müder Vater

* * *

Als ich die Grotten durchforschte umfing mich eine ungeheure Ruhe und ich sammelte mich Damals verfügte ich allerhöchstens über eine allegorische Wahrnehmung aber auch die bestand eher aus Gewohnheit

Ich äußerte mich indem ich die Augen schloß und öffnete aber in den gut besuchten Sälen stampfte ich mit den Füßen und schnippte mit den Fingern

Ich versuchte mich in der heroischen Aggressivität der Kinder

Ich tränkte das unbehandelte Leinen schwächte die Intensitäten ab neutralisierte die Schatten Glücklicherweise verwirrte die Erfahrung des Raumes die meisten

Dann suchte ich die Sümpfe auf Der Hüter gab mir alle Erklärungen und seine Geschichten beeindruckten mich Entschuldigen Sie daß ich so red pflegte er zu sagen Und vielleicht hatte er recht

Bedenkt ich war ganz allein auf einer Insel

* * *

Sie hatte blaue Augen trug Schmuck eine graue Spitzenbluse und einen übertrieben langen Rock Sie teilte ihre Zeit auf zwischen ihrer wirklichen Familie (als ihr Sohn verwitwet war zog sie seine Kinder groß) und einer imaginären Familie

Sie war eines der reinlichsten und anspruchsvollsten Wesen aber wenn ich sie besuchte riet man mir ich solle mich hüten vor ihren gestreiften Beinen die mit der Wucht eines Katapults ausschlugen

Sie suchte jemanden und rief unvermittelt den Namen Abend als ein blasses und schmächtiges Mädchen mit verwahrlostem Haar sich ihr näherte ihre Hand küßte und ihr die Schachtel abnahm die sie während der ganzen Reise auf den Knien gehalten hatte

Aus ihren individuellen Sequestrationen ging sie hervor wie Stammesmitglieder

Ihr bleiches Gesicht neigte sich zu tief über die Tasten hinab

An der Grenze des (jenes) Gefühls gab es das (jenes) Leben das wir verachteten

Dann kamen das Blei und das Kupfer

Oben in weniger angespannten Regionen

* * *

Einige hatten beschlossen ganz von vorn anzufangen Sie hatten das was man eine Hasenscharte nennt

Sie organisierten auf eloquente Weise das was wir alle sehr gut kannten

Zwei von ihnen saßen einander auf Klappstühlen gegenüber Einer hatte ein Zepter trug einen kurzen Waffenrock sowie Pfeil und Bogen Der andere jüngere hielt eine schlafende Frau in den Armen

Die Kinder kamen fast täglich um an ihrer körperlichen und geistigen Disziplin teilzuhaben

(Zog man das beeindruckende Bevölkerungswachstum in Betracht war es nicht weiter verwunderlich daß einige sich verirrten Jemand hatte kurz vorher zwei Kinder gefunden hatte sie gefüttert und ihnen sogar einen Unterschlupf zum Schlafen gebaut Die Kinder hatten sich mit ihm angefreundet waren aber in ihren Beziehungen zu den andern zurückhaltend geblieben)

Der Abschied war kein Kontrastphänomen mehr

Ein Schiedsrichter ging in Richtung Kampfring und redete dabei auf einen Athleten ein sich zu beeilen Ein zweiter Athlet kniete auf der Erde

In ihnen war eine riesenhafte Nacht

Eine bösartige Hygiene Beispielsweise in Eisen

Wenn der Motor mitten auf dem Wasser stehenblieb erwachte auch das Interesse der Erwachsenen

* * *

Ich hatte um meinen Vater herum ein paar Hütten gebaut darum hielt er mich für das kostbarste seiner Güter und behandelte mich anständig Dort arbeiteten aßen und plauderten meine Familienangehörigen und tauschten die Neuigkeiten des Tages aus

Sie sagten die Stigmas beherrschen das Schicksal

Dann bohrten sie gemeinsam in den Rissen und Hohlräumen der toten Stämme sowie unter ihrer Rinde um die dort befindlichen Spinnen und Käfer zu fangen

Das Gespräch blieb in den Knochen stecken

Ein gelber Fleck schien aus seiner eigenen Abwesenheit hervorzutreten

Die Maschinerie des Hundes funktionierte weiter Sein amorphes und ungeordnetes Gedächtnis reicherte sich an

Ich weiß nicht ob das Gefühl des Eingekreistseins der Gefühlsleere folgte oder umgekehrt

* * *

Am 22. März mietete ich drei spärlich möblierte Zimmer Trotzdem stellte ich gegen Abend fest daß meine Wohnung je später es wurde um so kälter und trostloser war

Ich lieh mir ein Fahrrad und fuhr um Bescheid zu sagen daß ich angekommen sei dann versteckte ich mich unter den Sandbänken im schlammigen Wasser

Ich kürzte den Weg ab das war jedoch überhaupt keine Heldentat und keinen von uns beeinflußte ihr symbolischer Charakter

Ich betrat den offenen Fahrstuhl mit dem Gesicht eines Menschen der überzeugt ist daß er einen Fehler macht

Jemand ging hinters Haus Vielleicht war es ein Erbstück oder ein Rückfall ins rhythmische Phänomen

An den Tisch setzte ich mich neben einen Alten der glücklich war neben mir zu sitzen Das bildet sagte er Er hatte graues und naives Haar Er war Witwer

(Als Waise hatte ich irgendwo auf dem Land gelebt Eines Nachts war der Graben vor dem Haus beinhart gefroren)

Die andern genossen die erholsame Vertrauensseligkeit wie sie Wachleute ausstrahlen und überschätzten ihre Aussichten während sie sich redlich nährten

Sie versammelten sich in Zementnestern umgetrieben von einer immensen Gier nach Einsamkeit

Sie sogen den Rauch in die Lungen dann nahmen sie einen Mundvoll Wasser und spuckten es in dünnen Strahlen mitsamt dem Rauch wieder aus Darauf prahlten sie mit Wörtern ohne Zusammenhang

Vor allem ein angeschlagenes Wesen war bemüht eine Erklärung seiner Funktionalität abzugeben

Jeder erhielt einen Impuls und stürzte in seine unbestimmte Bahn inaktiven Umlaufs

Die Oberfläche hatte die gleiche Konsistenz obwohl sie glatter und überzeugender erschien

Während die im Kreis versammelten Eltern sich mit befriedigter Miene zu ihrer teilweise artikulierten Sprache gratulierten

* * *

Dort flossen keine Flüsse obwohl sich in Gräben und Kuhlen des Geländes stehendes Wasser sammelte

Der Boden war bröcklig und bestand vor allem aus rötlichem Sand Bäume waren im allgemeinen selten Nur an Orten wo einst Städte gewesen waren wuchsen noch verschwiegene schattige Haine

Im Gegensatz dazu vermittelte das Schuhekaufen ein persönliches Vergnügen

Ich war im Besitz über jeden Zweifel erhabener Regeln (Die Geschichte und die Melancholie)

Kindisch angepaßt somit feindselig stand ich aufrecht Auf der Stirn strug ich das verhängnisvolle Zeichen der Reue anderer

Natürlich verwendete ich Materialien die zur Hand waren (Schrotkörner Knöpfe) aber auch Materialien die ich zufällig gefunden hatte (Stöckchen Steinchen)

Erfolgreich vollzog ich den generierenden Kreis nach

Einmal kam das Rad dort vorbei

Ein andermal machte ich mir ein Grasbett bei den Kasernen auf einem vollkommen kahlen und ebenen Platz

Sie bekamen Wind davon und ich hörte die ganze Nacht wie sie mein Gras anknabberten und wegschleppten

Sie taten das mit unverminderter Energie den ganzen Tag und die ganze folgende Nacht ohne Zeichen von Müdigkeit Den Tag über vertilgten sie beispielsweise das ganze Gras unter meiner Schilfmatte

(Ich bemerke dazu noch daß am Eingang zu den Kasernen immer haufenweise Knochen lagen)

Der Jüngste unter ihnen begehrte auf aber nicht lange

Gutgläubig und unterwürfig trug er einen weitläufigen schwarzen Gehrock

Ich war schon seit langem gleichgültig

* * *

In Malmö fand ich begeisternden Lesestoff da ich jedoch das Klima nicht vertrug mußte ich abreisen Dort habe ich Catherine Mahoney kennengelernt eine junge Schauspielerin ein richtiger Star (sie richtete die Augen zum Himmel)

Abends betrachtete sie eines der Bilder Ihre Wirklichkeit gehörte in einzigartiger Weise dieser Alternative an

Sie studierte bienenstockförmig

Manchmal entjungferte sie das schöne Gefühl das man Liebe nennt (daß ihr's wißt es gibt auch eine Pohesie daß ihr's wißt sie ist nicht nur animalisch usw.) und sagte Es ist empfehlenswert zu zeigen daß das Leben nicht nur eine Kette pornographischer Katastrophen ist

Dann behauptete sie sie würde mich sehr weit in Richtung Orient mitnehmen

Ich hob sie mit einer Hand Einen hölzernen Deckel drüber von 35 cm Durchmesser So war sie gut und sicher zu transportieren wie in einer Hutschachtel

Sie versuchte sich auf den Beinen zu halten fuhr hoch fiel auf die Knie und manchmal lehnte sie sich mit der Stirn an einen nicht allzu großen Baum und nachdem sie ihn geprüft hatte um sich zu vergewissern daß niemand sich hinter ihm verbirgt begann sie ihn nach Kräften zu schütteln

Ich riß mein Taschentuch entzwei und verband ihre Knie

Zu einem Zeitpunkt den ich auf den Abend zu legen versucht bin habe ich eine Leiter genommen und mich vorbereitet zu ihr zu steigen

Dann hat mich zwischen Schultern und Hals jener Schlag getroffen

Die Besucher wandten sich im Kreis nach links

Wir saßen still nebeneinander auf dem niedrigen Kamm eines Gebäudes in der Nähe Wir warteten ohne allzu große Hoffnung aber auch weil wir nichts Besseres zu tun hatten

Die Hunde in Begleitung der Dresseure traten zur Unterwürfigkeitsprobe an

Die Äpfel fielen ins Gras und wurden devot gegessen

Die Auszüge zeigten daß sich sehr wichtige Dinge im Bereich der Sinne abspielen

Jemand fragte Was macht ihr dort unten im Dunkeln

* * *

Die Besucher wandten sich im Kreis nach links

Wir saßen still nebeneinander auf dem niedrigen Kamm eines Gebäudes in der Nähe Wir warteten ohne allzu große Hoffnung aber auch weil wir nichts Besseres zu tun hatten

Die Hunde in Begleitung der Dresseure traten zur Unterwürfigkeitsprobe an

Die Äpfel fielen ins Gras und wurden devot gegessen

Die Auszüge zeigten daß sich sehr wichtige Dinge im Bereich der Sinne abspielen

Jemand fragte Was macht ihr dort unten im Dunkeln

Der Tierbaum

* * *

Im allgemeinen weiß man nicht genau ob es gut ist oder
nicht daß wir über jenes verbannte Ding reden über das
seltsam
Wohlbekannte das wir einsam zu tun pflegen
über die Wanderungen zu sanften Labyrinthen in denen die
Seufzer unschätzbare Werte haben können
im allgemeinen geschieht Liebe nachts und tagsüber und abends
und manchmal morgens gemacht nach geringfügig
irrigen Kalendern
Brot wird gebacken die Schulterblätter werden verbunden
und wir gehen über die großen Boulevards und erzählen uns
heuschreckenhafte Erinnerungen
wir gehen wie Haufen von trockenen Maiskolben und unser
Rascheln weckt die Nostalgie derer die spazierengehen
mit den Fingern im Kreolin
und die gleiche städtisch-ländliche Sprache
mit einer Hartnäckigkeit sprechen mit der sich sonstwas
anrichten ließe
in ihrer Wiege an ihrem Strand in ihrem Käfig
Und auf der Erde wachsen sieghaft allmächtige Pflanzen
eine Pflanzenwelt blickt uns von ferne an und schickt uns
fächelnde Postkarten
in die Glut die keiner Ära angehört
eine totale Glut wie ein Bett ohne Erinnerungen ohne Träume
nur mit einem Baldachin
einem städtisch-ländlichen und wir existieren uns und alles
ist ein einziges Ding
ein vorausempfundenes Ding mit einem Büstenhalter und einem
Unterrock der vergilbt über rauhen Oberflächen
zerfließt

Und auf jenen plausiblen Alleen in den Anlagen
kannst du sie hören die Wörter aus Wörtern kannst du sie sehen
die Sanduhren versunken in ihrer Nostalgie
in ihnen verrostet das Eisen aus dir
Die Herrin der Welt das Mädchen vom Balett es schläft mit
uns in einer Konservenbüchse
Heron von Alexandrien spinnt seine Prinzipien
auf einer kleinen Tischdecke in einer Streichholzschachtel
und alles ist klar und du blätterst in der Abhandlung über das
Vakuum
und spazierst in der Krinoline oder auf Bänken an einem
Zaun entlang
mit deinem Haar einer im Dunst
ertrunkenen Ophelia
und ich erkläre dir die edelsten Gefühle in einer weißen
Amphore
in einem Turm wie ein Gesell mit Beinen feucht wie die der
Frauen wenn die Lampen angezündet worden sind
des Abends von Mücken zerbissen in einer Gegend der totalen
Transparenz
während ein trauriger Papagei mir Geographieunterricht erteilt
ohne nichts und ohne nirgends

* * *

Ohne nichts und ohne nirgends hatte ich ein paar belanglose
Dinge geliebt
wenn ich geboren wurde legte mir
irgend ein Apollonios von Thyane die Hand auf die Stirn
Wir stiegen gemeinsam hinab
in konkrete Abgründe Eine Quittung wurde ausgegeben
mit Namen und Datum Kein Wort
über jene Echos Alle wußten und vergaßen
gern hätte ich ein populärer Astronom mit Künstlermähne sein
wollen
und hätte mich an den Boulevard setzen und ihnen entgeltlich
etwas durchs Fernrohr zeigen wollen
etwas Belangloses einen Knopf eine Fliege einen
Zigarettenstummel
hätte sie in den Ozean setzen und ihnen entgeltlich einen
Wassertropfen zeigen wollen
zu hören waren die Hupen des Großen Belanglosen die Echos
im Schutt
viermal nacheinander wurde ich geboren fünfmal
beim sechsten Mal hätte ich mit dir über die Reparatur des
Mantels reden wollen
(der Schneider sagte der eingefärbte Mantel könne nicht
gewendet werden denn man würde es an den Knopflöchern
erkennen)
alle wußten und vergaßen Die Mädchen wiegten ihre
Fetzenkinder
mit Bewegungen aus der Zeit wo sie Mütter sein würden
wir liebten uns hielten uns mit den Zähnen an der Stange ihres
Trapezes fest
da war noch das Problem des technischen Erschauerns das
gelöst werden mußte

da war noch die Einsiedelei der Knochen die
    Ablagerungsbilanz der Irrtümer
die Verflechtung der Eidechsen zwischen den Trögen
da war noch eine erstarrte Feier

Aber du mein Aschenbrödel gingst nach Hause
und zum siebten Mal wurde der Tierbaum geboren

* * *

Über Felder aus Kreide aus Taumel und Hitze
durch die makellosen Rostflecken der Erschöpfung
hat ein söldnerischer Durst sie jetzt zurückgeholt
aus ihrer rauhen Einsamkeit

Jene deren Münder flatterten wie leicht zerknüllte Papierchen
jene Schreckgeschliffenen
jene die schon im Mutterleib lächelten
jene die morgens Kieselkleider und abends bläuliche Luzerne
    trugen
jene die bleierne Beweise der Unbefriedigung in sich trugen
sind dröhnend zu uns zurückgekehrt

Ihre Schoten knacken ihre Handschuhe sind gequollen vom
    Wasser

Vielleicht sollten wir ihnen Betten machen sie unterbringen
doch sie dröhnen wie eine Bretterstadt
an unserem Adoptivhorizont
dort wo es nicht mehr möglich ist

* * *

Dann hab ich die großen Männer aus alter Zeit gesehn die
Weisen aus Weizen und Hirse die Standbilder mit im
Sand vergrabenen Ohren
ich hab die großen Männer mit Gitarren gesehn die elektrischen
Ölbäume
Orakelträger murmelnd hinter ihren nassen Logarithmen
ich legte Brot aufs Fenster für die Vögel sie pickten daran
schrien gib mir eine Zigarette und es gab Gedränge
und Eliot Ness mähte sie nieder mit einem Maschinengewehr
und seiner widerlichen Bullengerechtigkeit unter
orgelndem Hurra während die andern schlafen gingen
zufrieden daß Ordnung gemacht worden war in ihren
schmutzigen moralischen Revieren
die großen Männer wankten am Fenster mit einer Brotkrume in
der Hand
den Mund an die Fensterscheibe geklatscht
sie starben und gingen sie suchten einen Ort wo sie ihre Ohren
vergraben konnten
niemand kannte sie verhärmt waren sie redeten aus ihren
regnerischen Sarkophagen
über eine riesenhafte Liebe ohne irgendwas anderes blendend
impulsiv und frei
während die Frauen der Welt alle Frauen der Welt ihre Röcke
verlängerten Es sah aus wie eine modische Änderung
Alle taten als sähen sie nichts
von der fieberhaften Geschäftigkeit der Frauen von den darin
enthaltenen Zeichen
sie schienen sie würdig aufzunehmen
nur ein paar Schufte pfiffen zur frenetischen Vorbereitung
auf das Zeremoniell unserer Zeugungen
wir begannen mit den Herbstmieten lagerten die Knollen
ein bedeckten unsere Wurzeln

legten Brot aufs Fenster für die großen Männer aus alter
Zeit die geboren werden würden preßten die Trauben
hielten Ausschau mit der Hand über den Augen
sahen die luftigen Gesten der Frauen hörten das große Lied der
Nadeln

* * *

Die Schlaflosen klopften an die Tore es begann
der lößige Taumel das Gespräch
mit vernietetem Mund
das ansteckende Ritual der Werkzeuge
die verschwitzte Axt trat ihre großen Nachtwachen an
die Gabel wurde wieder zum Gehörn an der Stirn eines Stiers
wir legten uns auf Zweigen nieder die in Zeitungen mit
    Nachrichten über andere gewickelt waren
wir hätten auch besser auch wärmer unterkommen können
im gelben Halbschatten irgendeiner Frau die sich bei
    Lampenlicht kämmt
am Rand der Stadt in den verzierten Häusern
da uns jedoch das Bedürfnis nach Abstufung in irgendwie
    barockem Sinn umtrieb
begnügten wir uns mit jener Wiese samt Blumen und
grünspanigen Uhrwerken dazu Gräsern von der Farbe der
    Augen

Anfangs waren wir mehrere gewesen Dann
blieben nur noch wir paar Die andern sind abgehaun
um auf den Märkten rucksackweise Seife zu verkaufen
die einen haben ihre Wangen im Wunder schaumweißer
    Schlüsselbeine vergraben
andere haben sich lang aufs Pflaster gelegt Sie meinten
    sie seien angekommen
sie glaubten man könnte jemals ankommen Sie glaubten dort sei
    das Ende
in jener mütterlichen Überwinterung
(natürlich kamen wir von weit her Unterwegs
hatten wir Fluß- Wolken- Nebel- und Regennamen
    angenommen
und das zehrt)

Das Bündnis des Sprühregens hatte es gegeben Wir vermochten
nicht mehr zu heilen
mag auch sein daß uns
weder der Geschmack des Zerfalls noch ihre ärmliche
Kommunion interessierte
die Schlaflosen klopften aus reiner Höflichkeit an die Tore
die Verliebten hatten die Fenster schon lange geschlossen
nichts war zu sehen außer den vorsätzlichen Lichtern
und deren Kegeln über den Treppen

Wir legten uns auf Zweigen nieder Doch schliefen wir nicht
wir wußten daß uns die Gefahren eines Schlafs ohne Erwachen
drohen
wir ruhten uns aus Und solange die Ruhe anhielt
gruben wir uns um wach zu bleiben tief ein
in unsere Träume aus Salz

* * *

Ich träumte in Zusammenarbeit mit Isaac Newton
in einem Pendel aus Manufaktur-Melancholie

Er war ein Kind nie gesehener Senkrechter im Abstieg des
Körpers zum Bogen seines Aufstiegs
geboren aufgewachsen in einer Öffnung von Trancen
stahl er mir die Zigaretten
kam er mir in Punkten der Panik entgegen wir träumten beide
im Flüsterton
wir trommelten auf einem Kupferkessel die anderen schlugen
uns mit einem Klinkenknopf
(längst waren sie gestorben doch das vermochten sie uns noch
anzutun)

Im Pferch erschuf eine Wissenschaft ihr Prinzip

Unter Beweisen von Sonnenblumen und Knöpfen
bannten uns die Bezugspunkte einer chaotischen Beständigkeit
die Prunkwagen gezogen von stämmigen Mädchen das
verführerische Donnern
die erdige Tasche des Postboten in einer nahezu frostigen
Jahreszeit

(Manchmal kam auch ein Schiff ein paar Damen bedauerten
unsere pohetischen Zustände die Passage unterm Vogel
durch in einer Dämmerung in einer Stadt)

Dann und wann bedrängte uns die Versuchung einer anrüchigen
Belohnung
etwas wie ein Schakal wie ein Milchzahn
dann wunderte uns gar nichts mehr Die Ameisen begannen
den Himmel zu besteigen

die Aufseherherden muhten leise
die anderen machten Liebe in den Kabinen
mit fest geschlossenen Bullaugen Die an Spinoza Erkrankten
drückten sich aus und ließen es laufen Und wir
auf dem Streckbett wie irgendein kleiner Deliquent
tauchten ein in die Dünung flüssiger Härten

* * *

Bald darauf erwacht mit schnaufenden Augen
diskutierten wir als ginge es um die rauhen Mähnen der
  Propheten
und ich sagte eigentlich gibt es eine einzige Mutter für alle
ihre Milch steht auf dem Büfett
sie ist schon vor einiger Zeit verschreckt vorbeigekommen
an Stellen die für Umarmungen zu eng sind
entschlossen hoch und heilig nachzudenken
vor dem Fenster zu sitzen zwischen Sonne und Zahnpastatube
auf dem Sofa und uns zärtlich anzulächeln
wie auf einem Foto das ein Hund unterzeichnet hat
jetzt hat sie ihre Rüstung geöffnet sie pfeift auf dem Balkon
und ich sag dir weil ich sagen muß ich müßte
hinzufügen denn ich muß hinzufügen
es gibt eine einzige ihre Milch
wir müßten gerade jetzt müßten wir
ich wollte schon lange aber da kam irgendwas
  dazwischen
und ich mußte deshalb ist es nicht mehr aber
  wie auch immer
paß ja auf (entschuldige) und
es schneit dir auf die Augen Mir hat man gesagt daß

Aber wir fühlen uns rundlich wie in jener Kollektion
es ist eine angenehme Situation
ein Schatten von Intimität eine Art alter Montur
ich hab getan was ich konnte und wie du siehst
hat sich meine Nummer vom Kragen gelöst
von andern kleinen Mißgeschicken gar nicht zu reden

Es ist kalt es ist hie und da eine Liebe im Zug mit einer
zu schweren Reisetasche
bring mir Strümpfe mit den Brief aus Wolle
heut nacht will ich allein im Schilf schlafen in eine Decke
gewickelt
eine Hand im Wasser eine einzige Hand
ich wollte schon lange aber da kam irgendwas
dazwischen
und ich mußte deshalb ist es nicht mehr aber
wie auch immer
paß ja auf (entschuldige) und
es schneit dir auf die Augen Mir hat man gesagt daß

Es gibt Stellen die für Umarmungen zu eng sind
paß ja auf die Fensterscheiben sind beschlagen es ist halb acht
vorbei fliegt das Echo mit Insektenkopf

* * *

Oh wie ich sie liebte im Golf von Anxious
wie ein im Staub ertrunkenes Kind
sie bedeckte mit der Hand ihre Heubrüste und erschreckte alles
wie sie so regungslos dastand und mich anstarrte

Gehn wir in die Stadt sagte ich zu ihr in ein Kino damit
du dir einen Musikfilm anschaust
suchen wir das Lokal auf wo jenes rote Wasser getrunken wird
ich werd mir vom Hut was über die Augen ziehn und mir vom
Nebel was auf die Schultern legen
du wirst einen nutzlosen Poncho über deinem Lehmkleid tragen
sie stand da trieb Blätter hatte einen Vogel auf der
Schulter wuchs dort und konnte sich nicht rühren

gehn wir sagte ich in ein Café zu meinen besten Freunden
den Musikern oder Poheten dort können wir graben können
die Löffel den Zucker im Fußboden vergraben
können über das pythagoreische Tonsystem oder über die
(substantielle) Transformation secundum quid
diskutieren
das ist vielleicht ein Leben dort
kolossal werden wir uns amüsieren Sie hatte eine Quelle
zu Füßen stand an ihrem Rand
der eine oder andre kam vorbei schleppte Wasserlinsen nasse
Ruten oder was weiß ich was noch verzweifelt
bis in den Tod
das war vielleicht ein Leben was immer man auch sagen mag
ihre Äste waren naß
der Golf war ruhig die Schlepper mit müden Säcken vollgeladen
ihre Arme zerkratzten meine Wangen sie ergriffen mich
gehn wir du wirst es vielleicht nicht glauben aber ich
hab eine Scheune

mit Selbstgebranntem und ein paar Maiskolben
ich werd die Scheune mitnehmen im Zug und wir vergnügen uns
auf den Maiskolben
ich hab ein Bett mitten in der Stadt mit sauberen Laken
ich werd deine Quelle dorthin verlegen damit du mit ihr
im Bett schläfst ich werd dir Bonbons bringen
hier auf dem Feld ist es kalt hier zaust uns der Wind
hier rupfen uns die Vögel und das war's
gehn wir ich bin ehrlich ich kann dich in der Schaluppe
spazierenfahren
kann dir eine Handtasche kaufen wie jeder ordinäre Liebhaber
sehr trostlos ist es auch dort aber das ist vielleicht ein Leben
selbst die Hunde haben Plüschmäntelchen auf dem Rücken
ich werd dir eins kaufen für deine Quelle damit du sie
ausführen kannst auf der Straße am ledernen Halsband
und ein paar weiße Handschuhe für deine Äste damit sie
mich nicht mehr kratzen
ich werd dich in den Armen halten und verzweifelt wiegen bis
zur Schranke
ich werd dich auf der Brücke die Wissenschaft vom
Gleichgewicht lehren ich werd dich in Zeitungen wickeln
der eine oder andre kam vorbei schleppte Wasserlinsen nasse
Ruten oder was weiß ich

Das schwarze Feuer

DEIN SCHRITT HEUTE MORGEN

Dein Schritt heute morgen verkündete die siebte Jahreszeit, die unendliche. Deine Finger lösten die schwarzen Knoten der Erde, besänftigten die kindlich entsetzten Kieselsteinchen, setzten ans Fenster die betrachtende Axt. Hie und da kam ein Vogel und holte sich bei dir die verheißenen Körner, bevor er aufflog zum großen Inauguralzug.
Ich versuchte das Nichtdimensionale zu erfassen, diesen Zustand des Vertrauens ohne Reich, der unsere Liebe ist.

DIE STADT AUF DEM FELD

Die Stadt auf dem Feld hatte ihre Blumenbewohner ihre Grasarchitektur. Auf den Straßen boten uns anmutige Freunde und Verwandte vor der Hitze geschützte Ruheplätze an, schenkten uns Obst und Wasser, luden uns zu Zeremonien ein, die wir bis zu unserer Ankunft nicht gekannt hatten. Doch wir lehnten selbstverständlich ab, denn hinter diesem wohlwollenden Ritual ahnten wir eine komplizierte Wissenschaft, eine Art stummen Stricks mit je einem Ende in jedem von uns.

Beim Weggehn wischten wir sorgfältig den Blütenstaub der Ariadne von unseren seidenen Rockaufschlägen.

DIE TREPPE

Stolz und rein, so liebte sie uns. Unsere Antwort war eine Stufe der Anbetung.

Eine Zeitlang unterwarf sie sich dann, weiß und schlank, aufs strengste einer verbissenen Mutterschaft. Weil sie fünf Brüste hatte, zeugte sie fünf gedankenlose, gierige und lebendige Mäuler. Sie verausgabte sich. Wir hätten zwar Nahrung gehabt und sie ihnen gerne gegeben, aber ihre geheimen Gesetze erwiesen sich als unerbittlich. In unserer zärtlichen Niedertracht raubten wir ihr einzeln die Kinder, während sie schlief. Wir gaben sie in sichere Hände. Wir wußten, dort würden sie sowohl reichlich Milch als auch frisches Brot und Obst haben. Wir liebten sie. Wir schworen uns, sie zu schonen, und gedachten den letzten Sprößling, den schwächlichsten, für längere Zeit bei ihr zu lassen. Jedesmal wenn sie erwachte, klagte sie lauthals und zerkratzte sich verzweifelt das Gesicht. Ihr Vertrauen zu uns blieb jedoch unerschütterlich. Wir nahmen sie in den Arm, um das Schlagen unseres Herzens durch das grobe Leinen der Hemden zu spüren. Seither treibt eine Schlaflosigkeit mit blauen Äxten uns um.

DIE JAGD

Die Meute tobte vorbei, dann kam die Stille. Irgendwo machten ein paar Leute Kalender. Natürlich schüttelten dann die Jäger ihre Kapuzen, und der Donner war sehr gut zu hören. Außerhalb ihrer schrie der Regen wie ein waidwunder Hirsch. Wir hätten ihm helfen, ihn verstecken müssen, nach dem Beispiel der Wurzeln aber verachteten wir die frühreifen Schrecknisse, und unsere Blumenmünder begnügten sich damit, kaum merklich zu schwanken.

DIE ANKUNFT DES DICHTERS AUF DEM GROSSEN FLUGHAFEN

Er stieg eine achtlose Treppe hinunter. Das Licht, die Luft überfluteten sein Geäder und spielten flackernd mit seiner Zypressengeometrie. Dann öffnete sich eine Tür. Das Metall begann zu schreien. Er aber trat ein. Riesige Korridore aus Mozaik und Glas lauerten, sie nahmen seine Witterung auf. Den Oberkörper über Gitter gebeugt kam flüsternd die Warnerin vorbei. Dann fielen ihn die Zöllner an, zerfetzten seine Kleider, kratzten sein Gesicht blutig, wühlten in seinen makellosen Koffern. Es wurden spektakuläre Ankünfte und neue Abflüge gemeldet. Dann schwiegen die Lautsprecher. Unter der Decke, zwischen den Wissenschaften, brauste etwas wie ein Milchozean, wie die Erinnerung an eine Brust. Und er setzte sich einen Augenblick, um zu verschnaufen. Dabei hütete er sich, mit dem Schädel zu wackeln – der war mit Granaten gefüllt.

DAS SCHWARZE FEUER

Bücher ohne Augenlider ungerade Zärtlichkeiten
Fallstricke der großen Unterschlüpfe
Auge des Scipio in den Staub gerollt
keinerlei Genauigkeit kann mir mehr vergällen
die Prophetenstrenge der Feuchtigkeit

an der Schwelle des Sakrilegs vereinzelt
der Lehm seine schlanken Bügelschlösser
und sucht nach Komplizenschaft und Krämpfen

keinerlei Anspielung auf das Zusammenzucken des Mundes
als hin und her pendelten wie in einem Schildkrötenpanzer
das Admiralslaken und das schwarze Feuer

(dort wo die Sprache ihren Schlamm ablagert
hatte die Löwin meiner Nacht mir das Bett bereitet)

oh Vogelhälften Hundehälften
und Schilfrohre die ihr mir die zunehmend dumpferen Vokale
zuteilt

wir lieben dieses Unbesänftigtsein
die Teichgeste den unzweifelhaften Dunst und das greifbare
Summen
wir lieben in geschlossenen Zimmern
den Biß Kalk im Mund

Geometer der Sonnenfinsternisse in peinlich genaue Wiegen
gelegt
fanatische Brüder der Verrenkungen versteinert
auf der Lepra was weiß ich welcher Backsteine
Genesende der fügsamen Wunden

Schilfliebhaber zwischen Ekstase und Schrecken
am Kai gestaltet der Kalkstein
das letzte Nest der Großen Wesen nach
unter den blinden Schilden des Meers

(das Kind horcht mit dem Ohr an der Erde
wie die Instinkte des Sandes wimmeln)

danach jedoch suchen uns noch heim
die Gesträuche unserer Freiheit
die Wut des Leitsteins auf der Suche nach seiner Schleuder
natürlich treibt uns noch die Kühle
obskurer mütterlicher Wiedererweckungen um
natürlich ihre Hand mit Adjektiven und die Hüftlandschaft
das Auge des Scipio in den Staub gerollt dort zwischen
    den Dünen
in der blattlosen Luft des Gesichts

das Regenlinnen des Atems bedeckt den
auf zeremoniellem Bett liegenden Hals

gefangen in der Hülse der intakten Zeichen
betrachte ich die eigensinnige Drehung der Frauen mit
    Sonnenblumenköpfen
höre ich das Kiesellachen des ungekannten unterirdischen
    Rades

(die Sporen des Messers haben sich im Sand versteckt
der Vogel schlägt mit dem Stab gegen das Tor)

auf der zweifelhaften Schabracke des Sommers
ist der Krug gehoben an die Lippen der Schmach
die unter der Haut verstreut auf der Lauer liegt
Wächter und Biber unserer Tiefen
der Salztätowierer hat mit seinem Werkzeug gewunken

die hohe Nüster der Finsternis schnuppert
an unseren Stirnen

oh Betrachtung aschener Schlüssel
die Zahl Gelb und die Farbe Vier haben sich in ihrer
Gewalttätigkeit eingekapselt
das verrückte Holz schnitzt die Schultern des Zimmermanns

du meine Zwillingsschwester kannst auf meinem
unerschrockenen Gras wohnen
weit entfernt von den Inzuchten des Metalls
mein Mund spricht deine Wörter aus
ich kämme mir dein Haar ich streichle dir mein Gesicht
deine sonnenen Lungen sind in meinen Lungen
und mein Schlaf fächelt über deine Fingernägel

du allein in den Zonen suspekter Opfergaben
rollst wie einen wunden Kreis
die Dauer und den Stolz unserer Verirrung

(die Fußbodenheuschrecke mäßigt deinen Schritt
noch ein Vogelschwarm fliegt durch die Erde)

CHARON

Ich tat meine Pflicht salutierte und präsentierte
ich salutierte auch jene reizende Blondine
niemand wußte davon alle träumten schön raubten und retteten
    sie schön
die Frauen waren leicht erregt und drängten sie ab
die anderen retteten sie der Reihe nach brachten sie mit
    der Fähre auf die Antillen
ich präsentierte salutierte und rettete sie

eine Dame mit Schildmütze machte mir Zeichen mit der
    Schildmütze
ich sollte mich von der Wand ablösen und an ihren Sessel kleben

ich hätte gern eine Zigarette geraucht irgend so ein Kierkegaard
    mit Schildmütze raubte jene Dame
er raubte sie alle und brachte sie auf die Antillen
    (sie wogen leicht auf den Fähren)
einige drängten ihn ab und umarmten sie auf den Fähren
ich präsentierte tat meine Pflicht salutierte sie
es waren zu viele Scheinwerfer für eine einzige Straße
    für eine einzige Frau
die anderen erschossen sie auf einer einzigen Straße
brüllten vor Melancholie und retteten sie alle

es war eine Riesenlangeweile eine Totalverweigerung
niemand mehr wollte alle wollten alle setzten mit der Fähre über
Platz war sowohl für einen als auch für alle
ich hätte gern eine Zigarette geraucht jeder wäre gestorben
alle für jene Blondine alle für eine eine für alle
es war ein Heidenlärm alle johlten
niemand mehr wollte und eine tiefe Stille erfüllte plötzlich
    das Wasser

alle zogen sich zurück auf die Fähren jeder mit jener
    Blondine und sie legten ab
ich präsentierte salutierte rettete sie

(1942)

JENER SESSEL

Oh wie schön und würdig war doch jener Sessel
der einzige Sessel auf der Welt der unsere Vorgeburtsorkane
memorierte
und uns liebte mit geschlossenen Augen die Stirn an einen Sessel
gelehnt

abends legte ich mich neben ihn kauerte mich auf seiner
kobaltnen Agonie zusammen
stammelte ein paar makellose Wörter
ein paar Wörter mit denen nichts mehr verbunden alles
entbunden war
den Löffel trug ich im Stiefelschaft wie jeder schöne Mensch
und ich weiß nicht was sonst noch alles
im Coupé roch die Geliebte des öfteren nach Bonbons
ich schwebte auf einer orangefarbenen Kugel in die Spalte jenes
Sessel
die Leute im Haus zählten die Fotos sie beachteten mich nicht
es hätte die Stunde einer totalen Offenheit sein können

(1943)

WAS FÜR SCHÖNE BLUMEN

Was pinselte die Malerin doch für schöne Blumen auf unserem
 Oberschenkelknochen
blaue gelbe orangerote Blumen wunderbar

wir allesamt Dichterschüler allesamt kräftig allesamt tot
geweidet von Pferden gefressen von Hunden und einsam
allesamt galoppierten wir und riefen die großen Ferien
 sind da die großen Ferien
allesamt galoppierten wir als Pferde und wieherten
 wir scherzten
gern wären wir stehngeblieben um zu weinen und mit Geld zu
 bezahlen
wir hätten unseren Ranzen versetzt dafür und die Mähne
von Bettlaken träumten wir und Brüsten und wieherten als
 Pferde
Dichterschüler vom Orchester von wo immer
gefressen von Hunden vergessen von Mädchen
wir galoppierten ununterbrochen und riefen die Ferien sind da
 die Ferien
doch sie die Steatopiga die Malerin die stumme Karaibe
sie brachte uns für einen Augenblick zum Stehen lächelte uns an
und bemalte unsere Wangen Augenlider Oberschenkelknochen

(Sommer 1942)

DAS HEMD DES GLÜCKLICHEN

Zugegeben Lilith die mit diesem Bein meine Geliebte gebrauchte
häßliche Ausdrücke
sie war von einer durch und durch unerwünschten
Unanständigkeit
wir hatten erbitterten Streit sie verachtete mich sagte das Sakri
leg stelle ihr Gleichgewicht wieder her
sie verdächtigte mich der Gefühlsduselei kaufte mir Nel
ken und wischte ihre Schuhe mit meiner Flanelljacke ab

außerdem gingen wir sonntags die ganze Clique um sie tanzen
zu sehen
sie tanzte la Monteria und Idéa sehr altmodische Tangos
wir alle fuhren auf Fahrrädern weinten im Zweizweitel-
im Viervierteltakt
einige blieben noch um unter den Erdklumpen Rugby zu spie
len sie hatten einen Riesenspaß
außerdem ohrfeigten wir andern uns applaudierten und traten
in die Pedale

Lilith schenkte uns Locken von ihrem autographen Haar und
Briefmarken
außerdem tanzte sie unter Bergen von Schutt

ja ich gestehe wir fröstelten schliefen in Wägelchen
die eine oder andere Dame verfütterte uns an die Vögel
die Schwestern erzogen uns auf dem Büfett desinfizierten uns
Großmutter Pest kroch auf allen vieren über den Zement
und ich war unter den anderen ein gekränktes Element

aber der Norden meiner Schulter bog sich vor Eskimos
viel weiter südlich zog mich die nasse Sonne an
und ich weinte im Zweizweiteltakt und trat in die Pedale

(1945)

DER SPAZIERGANG DER FÜNFZEHN FRÄULEINS

Weder hatte ich etwas mit ihnen wenn sie dort zwischen den
    Masten
ihre Vorzugspositionen einnahmen und eine fas
zinierende Verirrung mimten
noch wenn sie sagten daß die Toten stehlen und wenn sie
    Psalmen lasen in Hänge
matten und sich die Eiskruste von den Gesichtern kratzten
noch wenn sie ihre Unterschriften auf die Bänke kritzelten und
    warteten

ich hielt mich abseits wie ein betuchter Damokles
rigide krank vom Regen mit zwei Vögeln im Mund und meiner
    Gelieb
ten sagen wir
in einem alten Schal unter Weiden in einer
persönlichen Erinnerung

nichts hatte ich mit ihnen gemein ich habe Beweise
Zeugen sind der Schmetterling das Pferd der Seemann der Edel
stein die Spinne die Nonne die Schnecke
alle haben uns am hellichten Tag mit eigenen Augen gesehen
    dort zwischen
den Masten als die Fräuleins sich
durchdrängelten wie die Pinguine sich furchtbar schlugen
    und traten dabei
ohne eine Klage ohne ein Wort

(1944)

Der blinde Spiegel

DIE HAND WIE EIN VERSENGTER SCHMETTERLING

Wie gut wie gut du geworden bist Schlitten
und ich gleite auf dir wie über Papier
wie gut wie gut einen großen Fingernagel hast du
einen Fingernagel wie ein Kanonendonner
damit spaltest du die Betten und die Schachteln
damit sind die Matratzen befreundet
damit frißt du die Menschen und läutest
die Stunde ein wenn wir die Augen schließen müssen
die Stunde wenn unser Hirn ins Kissen gleitet
wenn wir im Wahn nach dem Wasser suchen
in dem unsere Hände langsam verfaulen

(1938)

SAG MIR WENN DU EINEN VOGEL WILLST

Ich sehe dich wie du dich in Netzhäuten spiegelst
der Spiegel lächelt deinen Schalhänden zu
deinen Eklipsen- und Dynamithänden
ich sehe deine Kleider aus durchsichtigem Stein
die Marmorschuhe durch die das Blut pulst
wie ein Flügel über einem mächtigen Strom
ich weiß daß unter deinen Fingernägeln ein Baum wächst
unwirklich wie ein Blitz in einer Aluminiumdose
wie die Begegnungen und Landschaften meiner Träume
wo der Vampir dünn wie eine Kordel
mich am Rand der Apotheke erwartet

(1938)

DAS STUBENAUGE

Da ist dein Haar das die Dinge aussaugt
den Saft der Betten und der Kästen
so daß diese zerfasern und zerfallen
dein Haar flattert durch die ganze Stube wie eine große Fahne
es hat sich vom Schädel gelöst
deine Ohren gehen ab und kommen auf mich zu
deine Lippen verkleben sich und verschwinden
da ist dein Haar das die Dinge aussaugt
die Wand ist an der Reihe
die Hände
die Bilder und die Zäune

dein Haar hat deine Waden aufgefressen

(1939)

DER MOND IM OHR

Meine Schultern haben gezwinkert
eine Augenliderorgie und die Frauen stehen reglos
im Angesicht des Orkans
den Geschmack des Orkans auf der Zunge
in der Form des Orkans die merkwürdig
an einen Teil meines Blutes erinnert
das Blut des Orkans an den Händen
das Skelett des Orkans auf dem Kopf
diese Frauen schöner als Wasserfälle
Frauen welche die Straße in der einen oder anderen Sache
oder in gar keiner Sache überqueren
die Dunkelheit an den Fingern das Schweigen auf den Brüsten
treten sie den Schatten der Bäume mit Füßen worauf diese
zusammenfahren
und die schlafenden Passanten streicheln
sich auf die Gehsteige legen oder eine Prise nehmen vom Nebel
wie von einem Strauß Nelken

wir werden uns auch jetzt nach der Ursache fragen doch
diesmal
wird die Ursache die Wirkung der letzten Ursache sein
wird es der Knochen sein den ich im Auge trage
wird es die Uhr sein die sich langweilt und umgekehrt schlägt
von Mitternacht über den Abend zum Mittag
wird es die Hand sein die du dann und wann an die Stirn hebst
um zu sehen ob die Lampen noch brennen
die Langeweile verschwiegen wie ein feuchtes Blatt
das Erfrischungsgetränk der Nacht

(1940)

DIE BESTÄNDIGKEIT DER FLAMMEN

Die gefräßigen Bilder der künftigen Dinge
der lodernde Stern eines Brandes
was wir geliebt was wir gehofft haben
was zu erkennen bleibt

die Kostüme der Akrobaten bewahren ihre Lebhaftigkeit
wieder beginnt der schlafwandlerische Spaziergang
auf dem dünnen Faden zwischen Traum und Wassern
zwischen Tod und Wachen
zwischen Erinnern und Ersticken
in diesem durch die Farben der Särge einladenden Zimmer
öffnet sich dein Schrei wie ein Fenster

es ist Zeit daß wir die schlafende Frau erkennen
sie wartet nur auf das eine
sie sieht mit einem einzigen schmachtenden Auge
den Fledermäusen zu die ihr Nest in unseren Händen bauen

(1940)

ERKENNEN

Die Spinnen haben ihre Reise
am Grund der totesten Meere angetreten
noch sind die Leuchtspuren jener zu sehen
die das Erwachen verweigert haben
da der klare Sand auf ihren Wangen Sterne bildete
und das prächtige Desaster der Gezeiten wird mit der
    gleichen Ruhe erwartet
wie üblicherweise ein Kuß

du bist größer dort wegen der Vögel
du bist ruhiger dort wegen des Feuers
wegen des Blutes das du offen trägst über dem Hals
und wenn du etwas erwartest so ist dieses Etwas keine Gezeit
so sind das nicht die Hände die du selber dich streichelnd
    verloren hast
und auch nicht die Menschen mit einer Kohle anstelle des
    Mundes

du schließt alle Türen alle Schubfächer ab
legst dir ein Messer unter jedes Lid
denn was du erwartest das ist die Liebe

(1941)

DER VIOLETTE VOGEL

Die Glasstrümpfe sind hier
für ein paar Spinnen wäre auch noch Platz
die prunkvoll geklöppelten Spitzentabletts werden gebracht
die Brüste in den durchsichtigen Einweckgläsern
und in den Händen der schönsten Frauen
schlafen die Medusen wie im Krater des heftigst brodelnden
Vulkans

wir werden rechtzeitig zu dieser Begegnung kommen
durch die Nacht werden wir fahren wie durch eine Schachtel
Phosphor
zu dieser Begegnung wo uns
unsere Schatten erwarten wie ausgetretene Schuhe
die Löschblattfalter die uns das Blut aussaugen werden
alle liegengelassenen Handschuhe alle Lider
die wir gerne geküßt haben
alles was wir ein für niemals gefunden haben
unsere Münder die an den Brüsten klebengeblieben sind wie
Ringe
die Pflanzen die uns im Schlaf übers Gesicht gewachsen sind
das klare Wasser in den Gläsern
die Gehenkten mit den Händen von Kreide

in diesen schwarzen Kastellen erwartet uns die Dämmerung
und unsere Brüste werden sich an ihren Verschwiegenheiten
reiben
unsere Brüste aus Watte und aus Dunkelheit
uns erwartet die Spieldose des Todes
uns erwarten die Wachsköpfe der Frauen
denen wir noch nie begegnet sind
die dicken Vorhänge hinter denen wir uns in Ruhe umbringen
können

der verlorene Stern eines Morgens
uns erwartet der luzide Blick der Schlafwandler

wir haben so lange geschlafen
daß uns der Brauch der Bewegungslosigkeit abhanden
gekommen ist

(1942)

EINSAM UND UNBEWEGLICH

Wenn du vor den Spiegeln stehenbleibst
taucht eine Hand aus den klaren Wassern um dich zu streicheln
eine Hand die immer die deine ist
diese Hand aus Tollkirsche und aus Papier
die mich an die verheerenden und ausschweifenden Begegnungen
vor den Spiegeln erinnert

und diesmal haben meine Schultern keinen Schatten mehr
nur noch meine Beine sind's die rennen
diese traurigen Drahtesel diese hutgeladenen Fässer

wir werden über die Straße gehen ohne zu sehen was passiert
in diesem Paket sind die getragenen Schuhe von Aschenbrödel
aber das geht uns nichts an
aus jenem leeren Zimmer erklingt vielleicht die Todesharmonika

was ich sehe ist ein Schmetterling vom Zug überfahren
was ich berühre ist dein Blut wie ein Baum
was ich höre ist dein Haar wie eine Muschel

hier meine widerlichen Erinnerungen mein zweigeteilter Körper
meine rote Hälfte meine blaue Hälfte
die scharfe Linie die mich zerteilt
die ich gezogen habe indem ich in deine Handflächen biß
hier meine ruhige hier meine hoffnungsfreie Hälfte
du wirst stärkere Nadeln brauchen um sie zusammenzunähen
elastischere Fäden flinkere Finger
ich werde selbst zerstören müssen was wir gemeinsam geliebt
haben
und vor allem wirst du dich frei bewegen müssen
wenn ich diese öde Stadt
in meinem schönen Taucheranzug durchquere

(1943)

IN DEN WEITEN DIESER LANGGEZOGENEN INSEL

Vergessen habe ich das schwere Spiel in dem ich Falter gewesen
bin
die Nächte voller Zerrspiegel
mit einem aufmerksamen Auge betrachte ich dies alles
den schwindelerregenden Abstieg der Treppe die nirgendwo
beginnt
deine Stirn wie ein modriger Regenschirm
mit einem aufmerksamen und einem völlig erblindeten Auge
betrachte ich
deine Hand wie ein Kissen voll Wasser
die furchtbaren Verschwiegenheiten die an den Schultern
einsetzen

aber nichts fürchte ich auf diesen Klippen
meine Lider streicheln das schweigende Skelett der Häuser
sie suchen die Blätter die du im Vorübergehen
angeknabbert hast
an diesen riesenhaften Salzbäumen
mein dünner blauer Kreis ist es der lautlos rollt
meine Kleider sind es die allein spazierengehen
meine Hand ist es die wie ein Vorhang flattert
und der reglose Mensch der im Schlaf redet
der völlig leere Kalkmensch den du auf den Armen
zu den geheimen Treffpunkten trägst
der Mensch an den du ab und zu dein Gesicht preßt
keinen Augenblick lang zweifelst du daß ich es bin

vielleicht bist du auf diesen Klippen mit meinen Kleidern
verabredet
vielleicht ist es meine Hand die du in den Vögeln suchst

vielleicht erwartest du meine Locken unter diesen
wunderbaren Muscheln

doch es gibt keine Nacht die dich nicht entfacht
es gibt keine Dämmerung die dir widersteht

(1943)

DIE VERSCHWIEGENEN MORGEN

Die verschwiegenen Morgen oder die verschwiegenen Nächte
eine Hüfte ist's ein Schenkel ist's ein Panther ist's
ich versuche deine Schultern einzufangen indem ich die Geige
als Schmetterlingsnetz gebrauche
wenn aber dein Haar tönt so deshalb weil es träumt
wenn dein Augenlid erblüht so deshalb weil der Wind weht
wenn deine Hand brüllt so deshalb weil es Nacht ist
wenn die Ohren schlafen so deshalb weil sie hungrig sind
wenn deine Schuhe lachen so deshalb weil sie nachdenken
und wenn deine Schultern fliegen so vielleicht deshalb
weil es sehr spät ist

wenn deine Hand schweigt so deshalb weil sie eine Muschel ist
wenn die Adern rennen so nur wegen der Tollkirsche
wenn der Schenkel gehorcht so deshalb weil es noch Blätter gibt
wenn das Blut schäumt so ist das die Schuld der Schirme
wenn dein Hand schreit so deshalb weil sie stirbt
wenn dein Schatten flattert so deshalb weil er brennt
wenn dein Fingernagel auf der Wand steht
so deshalb weil Veilchen sind
wenn dein Bein wiehert so wegen der Wolken
wenn die Lungen einnicken so deshalb weil es dunkel ist
und wenn deine Schultern würgen
so mit Sicherheit wegen der Bäume

(1943)

Vasco von Gama

DIESE REISE AUF einem Ozean von Knochen. Mit dabei die wesentlichen Werkzeuge: der Schlaf, die Liebe, das Blut. Ungehindert glitt das beunruhigende Boot von Hafen zu Hafen. An den poetischen Docks wurde deklamiert. Was für waagerechte Orgeln verzerrten die Segel? Leckgeschlagen setzte der Schiffsrumpf, der als einziger dem Orkan zu trotzen vermochte, den Zickzack eines scheußlichen und märchenhaften Kurses fort, in dessen Gesetzen die finstersten Winkel unserer Rüstungen rasselten.

die straße wird den fußgänger zu einer bestimmten uhrzeit
schlucken und er
wird mit den pedalen die er unter der stirn hat
töne voller glasknöpfe erzeugen
die den ganzen tag über erklingen und dabei das wasser
in den armen halten
wie man eine weide hält und das wasser
wird sich über das klavier ärgern
es wird auf die dünne kathedrale steigen und von dort aus
das ohr der baumwollstatue langziehn
ihre augen fressen und die statue
mit schön an den beinen hinabgekämmtem blut
wird die an den bäumen gewachsenen vorhänge raffen
aus ihren geräuschen wird sie eine neue statue machen welche
mit wirr über die hand fallendem blut durch
das fleischrohr des balls gleiten wird
bis zu den müden nachtkästchen
bis zum blechernen hut des vasco von gama
bis zu den blauen waden der frau
mit verkrustetem blut über dem
die blumen dem sinken der lungen applaudieren werden
wie man dem sinken der matratze
in den körper applaudiert mit dem man abends schlafen geht

aber die schmetterlinge werden die trommeln schlagen am
straßenrand
und die frau hatte sich mit einem einzigen satz
in den weit offenen kopf der statue gestürzt

sie versuchte die mauern zu beschnuppern die
gedanken abzuschütteln wie insekten aber
die insekten nagten ihre gedanken ab die
rund um die statue gewachsen waren
an diesen orten wo hinter glas
die kerze ihre beine zeigte während vasco
den meeresgrund auslotet mit dem finger

die zigaretten preschen los und gleiten
zum rand der landschaft wo das haus
mit den händen auf dem kopf spazierengeht

dort ist eine biene und eine frau
und die frau sticht die biene mit dem finger

vasco vasco seufzte der koffer du hast
ein bein im letzten schiff vergessen
und deine gestalt ist geflohen zum golf

aber das taschentuch fletscht die zähne gegen den
    kommandanten
der mit den pendeln in seinen ohren baumelt
und die verärgerten pendel haben seinen bart versengt
der bart hat die ästhetik um verzeihung gebeten
die ästhetik hat die kekse gegessen
die in mühsamem anstieg zum mund gehoben worden sind

aus ihren bändern wachsen fernrohre
die sich über der nase festsetzen
wie ein orden auf einer brust mit nüstern

alle akten schlafen
die heirats- die einberufungs-
die tabak- die knopf- die glas-
die nasenakten in denen steht
wie vasco von gama durch den regen rutscht

ich treib liebe fordre freiheit
gleichheit brüderlichkeit väterlichkeit
einsamkeit und vorzeigbarkeit

die freiheit kann nicht mehr heraus und
bleibt in den hälsen stecken wie sagen wir
ein erbsenkrümel in einem blinddarm steckenbleibt

doch die stiere werden die zuschauer fressen

die hand die mit einem schlüssel zwischen den fingern
    geöffnet wird
mit dem großen schlüssel der auch den fuß aufschließt
und im fuß schlafen die fessln und der kommandant
der mir die kokarde verleiht
und von mir verlangt keine hyazinthe zu essen wenn
die nuß die städte terrorisiert
hinterm sand herrennt
schwitzt hustet und sagt
ich bin die nuß und erschrecke euch

aber die statue balanciert auf dem hochseil und
singt und tanzt
und die nuß glaubt nicht mehr an gott

schlimm genug daß die nuß nicht mehr glaubt
kennt sie doch nunmehr kein viertes gebot
und wird meine frau fressen
meine frau auch die wölfin genannt
mit schön aus dem strumpf hervorquellendem haar
und der fuß der beißt die schuhe

die schuhe verstecken sich im tintenfaß
aber vasco von gama erschrickt
er versteht nichts von alldem
und seine größte freiheit ist mit dem hut
über den augen vor der tür zu sitzen
wenn die tür aufgeht wie eine harmonika
spielt er drauf und ein zahn fällt ihm aus
und der zahn wird zum edelweiß*
edelweiß pflückt die touristen und sammelt sie
sammelt flieht durchs fenster und juckt sich
juckt es ist sehr klein und kalt
kalt ist es mit einem mädchen und das mädchen
reibt sich an den wasserhähnen
doch die wasserhähne sind insekten
zellophanflügel haben sie wie nadeln
und an diesen nadeln halten sich die leute fest
die leute die berauscht unter den bäumen wandeln
die leute die sich die adern öffnen
um nützliche geschenke herauszuholen
die leute die ihre handflächen auf zäunen vergessen
darauf paaren sich die handflächen in der luft
schlagen herrliche voluten wobei ihnen die drähte im weg
sind
bleiben an den sternen hängen und gleiten
mit schwindelerregender schnelligkeit auf die torrente
zu

* *deutsch im rumänischen Original (Anm. d. Übers.)*

doch die biene wächst sich riesengroß aus
sie fängt die handflächen und spießt sie auf die nadel
die samtflügel werden zu wiesen

in denen eine flamme zu sehen ist
über der tausende kleiner kristallfinger schweben

DER VIERECKIGE KRANZ

Wenn wir fertig sind wird es Abend
über den Augen über den Brauen
über unseren Namen wird es Abend

die Sonne brummt Die Blätter zittern
es ist Zeit daß wir die Flanelljacken überziehn
uns ans Ufer setzen und zusehn wie der Regen das Wasser
löchert
und immer dieselben anderen Worte sagen

(1990)

Gellu Naum und seine Poesie der »aktiven Erwartung«

Nachwort von Ion Pop

Bei der Begegnung mit der unbequemen Poesie von Gellu Naum benötigt der Leser einiges an Mut, dem Mysterium, der Verunsicherung, der Angst ins Auge zu sehen, die hinter jeder Biegung eines Verses lauern. Zugleich muß er eine zwiespältige Erkenntnis verkraften: Wollte ihm anfangs scheinen, als liebte der Dichter seine Sprache nicht, schlägt dieser Eindruck alsbald um in begeisterte Ratlosigkeit. Hat denn nicht er, der Dichter, bei jeder Gelegenheit jenes ironische *h*, das er von einem Jacques Vaché geerbt haben mag, in den Namen der *Poesie* und des *Poeten* geschmuggelt und damit alle diskursive Emphase karikiert? Gellu Naum schreibt *Pohet* und *Pohesie* im Wissen um die Fußangeln, die den Weg sprachlichen Ausdrucks säumen, und verwahrt sich damit aufs entschiedenste gegen jede Rhetorik, denn wie Rimbaud weiß er: »la vraie vie est ailleurs«, das wahre Leben ist anderswo.

»Die Poesie abzuschütteln, indem man Poesie macht«, das war sein Hauptanliegen von Anfang an. Wie alle anderen Dichter der Avantgarde stellt der Begründer der rumänischen Surrealistengruppe von 1940 eigentlich die Poesie der *Literatur*, den *Konventionen* der traditionellen Dichtersprache entgegen. Schon 1915 hatte übrigens der Modernist Ion Vinea, ein Debütgenosse von Tristan Tzara, diese Haltung in eine berühmt gewordene Formel gefaßt: »Die Literatur verfolgt mich. Sie ist mir unwiderruflich antipathisch.« *(Chronique villageoise*, in *Cronica*, I (1915), Nr. 28, S. 553)

In seinem Essayband *Medium* hat Gellu Naum 1945 bei der Formulierung dieses spannungsreichen Gegensatzes neue Akzente gesetzt: »In mir trage ich die Traurigkeit jener Dichter, die ihr ganzes Leben, aber auch ihr ganzes Leben lang nach Kräften versucht haben, keine Literatur zu machen, und schließlich beim Durchblättern ihrer gut hundert Seiten feststellen mußten, daß sie nichts anderes als Literatur gemacht haben. Eine furchtbare Enttäuschung. Und dennoch: Über all diesen vor Schmutz glänzenden Kleidern, hinter all dem grobschlächtigen Faltenwurf einer mit fad literarischem Pomp erdrückenden Dichtung die Überzeugung, Ferment zu sein« (*Medium*, Colecţia suprarealistă, Bucureşti 1945, S. 10 f.). In diesem Buch finden sich noch weitere Variationen: »Ich bin bis ins Mark infiziert mit Literatur, und ich wette, daß jeder Arzt in jedem meiner Nerven den faulenden Wundbrand der Poesie sehen könnte« (Ebenda, S. 13 f.). Sogar noch weiter geht er in seiner finsteren Theatralik, die an Lautréamonts Helden, aber auch an die »Schmähreden« und die »kreative Verzweiflung« des Rumänen Geo Bogza erinnert: »Dichter bin ich gewesen in der Überzeugung, daß ich eines Tages, am Ende des Diskurses, ins gemeinste Gelächter, ins unheimlichste Gebrüll ausbrechen und dies der erste *poetische* Akt sein würde, den ich ohne jeden Vorbehalt vollziehe« (Ebenda, S. 11).

Dieser paroxistische Ausdruck für den Gegensatz zwischen *Poesie* und *Literatur* kann als Gradmesser dafür gelten, inwieweit erstere für Gellu Naum eine Form *existentiellen Engagements* darstellt. Schließlich hat auch er sich die surrealistische Forderung zu eigen gemacht, daß der Dichter sich jenseits »ästhetischer Belange« bemühen müsse, herauszufinden, wie – um mit Breton und seinem ersten Manifest zu reden – »Denken wirklich funktioniert«. »Das quälende Gefühl, daß ich nichts gemacht habe als Poesie, daß ich nichts gefunden habe als das, was man das Schöne nennt, daß ich nichts gelöst habe als eine dichterische Aufgabe« (Ebenda, S. 13), ist nichts anderes als das Unbehagen gegenüber jeder *dichterischen Konvention*, von der er auch die vorausgegangenen avantgardistischen Strömungen nicht freisprechen kann. Das Manifest *Die Kritik der Misere*, das Gellu Naum 1945 gemeinsam mit Paul Paun und Virgil Teodorescu veröffentlichte, warf der rumänischen Avantgarde der dreißiger Jahre gerade diese Beschränkung auf das »nur formale, nur poetische Interesse« recht heftig vor. Die Autoren des Manifestes betrachteten als eigentlich surrealistische Aktion gerade die »beharrliche Anstrengung, den menschlichen Ausdruck von all seinen Formen zu befreien, wobei es eine solche Befreiung ohne die totale Befreiung des Menschen überhaupt nicht geben kann« (G. Naum, P. Paun, V. Tedorescu, *Critica mizeriei*, Colecţia suprarealistā, Bucureşti 1945, S. 5 f.).

Gellu Naum geht es demnach von Anfang an um den Kern surrealistischen Nachdenkens über Sinn und Zweck der Poesie. Für ihn und seine Mitstreiter ist sie Ausdruck einer antiliterarischen *Revolte*, die ins Gesellschaftlich-Menschliche übergreift. Die Poesie wird definiert als »Wissenschaft der Aktion » gegen »dogmatische Beschränkung«; anvisiert wird eine Veränderung der Welt: »Einzig und allein die Sprache des Poeten, inkohärent noch und vage, diese Sprache der *Perturbation*, nur sie handelt und verändert«, schreibt der Dichter im *Schloß der Blinden* (Colecţia suprarealistā, Bucureşti 1946, S. 16). Hier klingt das Bretonsche Postulat von der »konvulsivischen Schönheit« auf, hier äußert sich der allgemein avantgardistische Anspruch, einen Zustand absoluter geistiger Dynamik zu schaffen, der Wunsch, dem Wort seine ursprünglich mythische Frische, seine geheimnisvollen »Möglichkeiten« wiederzugeben, die Beziehung zwischen dem Ich und dem Universum als eine Beziehung zwischen kommunizierenden Gefäßen wiederherzustellen. Hier wird die *Surrealität* beschworen als Raum einer dynamischen Einheit der Gegensätze, als »psychophysisches Totalfeld«, wie Breton sie einmal genannt hat, wo *Wunsch* und *Gegenstand* eine osmotische Beziehung eingehen.

Bezeichnend für Gellu Naums Begriff vom poetischen Zustand ist sein Hinweis auf das Beispiel Lautréamonts. Dieser, schreibt der Dichter in *Medium*, »zerstört Zeit und Raum, um sich eine eigene Zeit und einen eigenen Raum nächtlichen Charakters zu schaffen, die sich von allem Taghaften durch die Schnelligkeit der Abfolge und eine *terrible Vielfalt der Kontiguität* (Hervorhebung I. P.) unterscheidet« (S. 53). Die »Vielfalt der Kontiguität« erinnert an den »Kontakt«, an die freie Interferenz zwischen der Innenwelt des »Wunsches« und der Außenwelt der »Gegenstände«, an die notwendige Chaotisierung des Universums, die mit dem mythischen Versprechen einer strahlenden Wiedergeburt einhergeht. (Über Nerval, einen anderen exemplarischen Poeten, notiert Naum, bei ihm gebe es »weder das Wunder noch das sogenannte Reale, sondern höchstens das Wunderbare des Wunsches und die Realität des Traums« – Ebenda, S. 38.) In die gleiche Richtung geht seine Bemerkung über die »völlige Verweigerung jeder anderen Realität als jener des Traums, jeder anderen Wahrheit als jener der Vision« (Ebenda, S. 34).

Primär ist das Moment der Aufhebung aller Strukturen, die Welt und Sprache bestimmen. So entsteht das freie, sozusagen jungfräuliche Feld, auf dem die »Vielfalt der Kontiguität« die verschiedensten Arten des Zusammentreffens von Gegenständen ermöglicht. Eine Richtung gibt dabei lediglich die innere Strömung des Geistes an, der – vollkommen frei – nach den Substanzen sucht, die ihn »verkörpern« können. Der *objektive Zufall*, ein wesentlicher surrealistischer Begriff, ist hier entscheidend für die poetische Vision. Die berühmte Formel von Ducas, »schön wie die Begegnung zwischen einer Nähmaschine und einem Regenschirm auf einem Seziertisch«, hat der rumänische Dichter auf das profundeste ausgelegt. Er hat den Doppelsinn von *Unruhe* und *Bewunderung* im Sinne von Bretons »merveilleux« in sein Schaffen ebenso eingebracht wie die Angst vor den radikalen Brüchen zwischen den Gegenständen, die gewaltsam in eine Vision gezwungen werden. Die »Vielfalt« der Begegnungen wird entsprechend als »terribel« qualifiziert, sie wirkt schon von der

Quantität her erdrückend und beunruhigend. Das ist die andere Seite jener unendlichen assoziativen Verfügbarkeit, die Aragon als charakteristisch für den Surrealismus beschrieben und mit dem Begriff der »anerkannten, akzeptierten und praktizierten Inspiration« zusammengefaßt hat (*Trâité du style*, Paris 1928, S. 117) und die Breton in *L'Amour fou* schlicht als lyrisches Verhalten bezeichnet hat.

Solidarisch mit anderen Surrealisten fordert auch Gellu Naum Offenheit für die Geheimnisse der Außenwelt und spricht dabei von »unser aller Mediumnität«. Zugleich stellt er seine Poesie unter das Zeichen, das Breton – ebenfalls in *L'Amour fou* – mit der Formel von der »aktiven Erwartung« gesetzt hat. In *Medium* beschwört er den »geheimnisvollen Schrecken rätselhafter Erscheinungen, die sich unter dem zaubrischen Zwang der Erwartung, der Suche offenbaren« (S. 41), und unternimmt es, den Veränderungsprozeß zu untersuchen, dem der äußere *Gegenstand* durch die Spannung des *Wunsches* unterworfen wird und der seinen Höhepunkt in der »eruptiven Gewißheit« einer »umwälzenden Erkenntnis« erreicht (S. 88).

Der für die erste Etappe der rumänischen Avantgarde (eine Synthese zwischen Futurismus, Dadaismus, Konstruktivismus, Surrealismus und »Simultan«-Techniken der 20er und 30er Jahre) so bedeutende »Imagismus« interessiert Gellu Naum also nur beiläufig, am allerwenigsten in der barocken Spielart, die André Breton zu fördern suchte, indem er für vielfältige Vergleiche zwischen unvereinbaren Elementen plädierte. Einer solchen, eher oberflächlichen Technik zieht Naum die tiefschichtige, »tektonische« Bewegung des Diskurses vor. Unter Verzicht auf eine kalkulierbare Wirkung läßt er die Worte beziehungsweise Gegenstände aufeinandertreffen, sich gegenseitig anziehen, abstoßen oder ablenken. Die Metapher wird durch eine metonymische Bewegung verdrängt, die Dynamik der Querverbindungen ist unvorhersehbar. Gellu Naum meidet jegliche Regel und jegliches Rezept und bleibt so uneingeschränkt empfänglich für das »Mysterium« der Begegnung von Wörtern mit anderen Wörtern. Ebenso wie der *Gegenstand* erst »surrealistisch« wird, wenn der Dichter ihn aus dem Boden des utilitaristisch-pragmatischen Alltags gerissen, ihn entwurzelt hat, wird auch der poetische Diskurs in einem Ausnahmezustand der »aktiven Erwartung«, der Offenheit und *Disponibilität* gehalten. So bewegt sich diese Poesie auf den Augenblick der »eruptiven Gewißheit« zu, wo der Wunsch das gesuchte und suchende Wort findet.

Dieser Zustand *gespannter Disponibilität* ist schon dem Debüt des Dichters, den Versen des Bandes *Drumețul incendiar (Der Brand-*

wanderer – 1936) anzumerken. Er hat offensichtlich einen subversiven Weg eingeschlagen in der Absicht, an den Konventionen und Manieren des Verbums zu rütteln, sich bilderstürmerisch zu betätigen. Die Texte von Gellu Naum sind eine neue Art von »Schmäh«-Gedichten und frappieren durch mobile und unverbrauchte Assoziationen, die nicht nur der Willkür häufiger Niveauwechsel und -brüche einen besonderen Reiz abgewinnen, sondern auch der lyrischen Aussage eine spezifische, sehr persönliche, ironisch-sarkastische Theatralik verleihen, welche Bewegungsfreiheit gegenüber jeder *Konvention*, selbst gegenüber jener der surrealistischen Ausdrucksweise, sichert. Gellu Naums *Brandwanderer* »horcht in alle Himmelsrichtungen« und schafft ein parodistisch-burleskes Selbstporträt: »Sein Herz ist ein autonomer Wald / und er sagt: ›Die Herren wählen unsere Gedichte nach den Schleifchen, als wären es Huren‹. // Die Gazetten schreiben: Er ist ein blutrünstiger Mörder. Er hat / einen Schnurrbart unter der Nase wie ein Spatz / und ist an seinen Strümpfen zu erkennen«. Der Dichter ringt um die Befreiung seines Hirns von der »faulenden Brühe des süßlichen Verses«, verkündet lauthals, »die Welt hat begonnen zu stinken«, und verlangt folgerichtig eine radikale Erneuerung des Schreibens: »Reißt allen Vögeln vom Balkan die Federn aus / Wir wollen uns neue Chroniken schreiben« ...

»Chroniken« sind Gellu Naums Gedichte allerdings nicht. Zwar erscheinen die manifestartigen Sätze dieses ersten Bandes noch sehr unmittelbar an der dringenden Notwendigkeit des gesellschaftlichen Engagements orientiert: »jetzt brüllen die Wörterbücher SIE MÜSSEN BRÜLLEN/ jetzt ist jedes Gedicht ein Arsenal der Empörung«; »über allem ist das Bedürfnis nach endgültigem Kampf zu spüren«. Die in der Folge entstehenden Gedichte jedoch gehen wesentlich tiefer und berühren existentielle (und ästhetische) Schichten, in denen die Zeichen der äußeren Wirklichkeit nicht mehr so leicht auszumachen sind. Die politische Radikalisierung des Surrealismus in den 30er Jahren macht sich auch in der ersten Phase der rumänischen Avantgarde bemerkbar. Als Beispiel gilt das Manifest *Die Poesie, die wir machen wollen*, das Geo Bogza und die späteren Mitglieder der »Gruppe rumänischer Surrealisten«, Gherasim Luca und Paul Paun, sowie der Maler Perahim 1933 herausgeben. Ein Echo dieser Radikalisierung läßt sich in den frühen programmatischen Texten von Gellu Naum sehr wohl nachvollziehen. Seine eigentlichen Gedichte jedoch erscheinen, wie es der Autor sehr viel später einmal formulieren wird, »eher als Zufälle denn als Beschreibungen«. Als »Kentaur, der den Bäumen des Gedichtes Gewalt antut«, gestaltet der Poet – oder »Pohet« – seine Gedichte zu Räumen gewagter Vereinigungen zwischen Äußerem und Innerem. Seine »Chroniken« verfolgen die Ereignisse einer unterschwelligen Geschichte sui generis. Zögerlich nähert sich ihr die Sprache, ohne dabei ihre eigenen Widerstände, Verzerrungen, Verwerfungen und Trägheit zu verleugnen. So tritt die sogenannte »Chronik«, die schwierige »Reportage« aus einem nebulösen Untergrund, verwandelt ans Licht und verändert ihrerseits Schritt für Schritt die mögliche Vision. Die *Surrealität*, nach André Breton jener »Punkt des Geistes, in dem Leben und Tod, Wirkliches und Imaginäres, Vergangenheit und Zukunft, Kommunizierbares und Nichtkommunizierbares, Hohes und Tiefes nicht länger als Widersprüche wahrgenommen werden« *(Zweites Manifest des Surrealismus)*, wird demnach in jedem einzelnen Text von Gellu Naum »abgebildet«. Nur ist bei ihm diese explosive Ballung und zugleich Versöhnung der Gegensätze, die Neuzusammensetzung der Welt in völlig anderem Licht, noch ein weiteres Mal gebrochen durch ein ständig waches »kritisches« Bewußtsein, das seinerseits poetisch produktiv wird. Das vorgeblich automatische Schreiben nach unbewußtem Diktat, die willkürliche Bewegung rauschhafter Vorstellungskraft werden von einem Bewußtsein »gesteuert«, das grundsätzlich alles und jedes relativiert. Das traumhafte »Szenarium« – Gellu Naum ist ein wahrer Dramaturg und Regisseur der Phantasmen – wird ständig von »Wachstellen«, Notaten aus der unmittelbaren Wirklichkeit, Literaturhinweisen, ironischen und selbstironischen Reflexionen, familiären oder gar anekdotischen Impromptus unterbrochen, wobei mit besonderem spielerischem Können Sprachkomik eingesetzt wird. Das alles geschieht jedoch vor mythischem Hintergrund, es kommt zu keinerlei Substanzverlust. Im Gegenteil, über ein weitverzweigtes Kapillarnetz, das bis ins Innerste des Werkes reicht, wird ein beständiger Zufluß an archetypischen Elementen gesichert.

Einerseits wirkt die extreme Mobilität von Gellu Naums Vorstellungswelt durchaus frappierend auf den Leser. Hier finden ununterbrochen Metamorphosen statt und ihren Niederschlag im Vers. Mit spielerischer Unbeschwertheit, die sich aller Zwänge des Realen entledigt hat, wird gegen Lesegewohnheiten angeschrieben. Andererseits gleiten gerade diese scheinbar leichten Sequenzen wie von ungefähr immer wieder in finstere, alptraumhafte Bereiche ab. Exemplarisch für dieses Doppelspiel ist das Poem (und der Band) *Vasco de Gama (Vasco von Gama)* aus dem Jahr 1940. Auch hier tritt uns ein »Brandwanderer«, Betrachter und Vertreter des Wunderbaren zugleich, entgegen. Dieser »andere Wanderer«, wie der Dichter ihn nennt, löst eine wohltuend erneuernde Deregulierung aller Beziehungen zwischen Ich und Welt, zwischen Worten und Gegenständen aus. Der »das Wasser mit dem Fernrohr riecht«, wird Zeuge eines burlesken Spektakels. Die Sprache macht sich selbständig, das Wirkliche vermischt sich mit dem Imaginären, der Redefluß reißt die verschiedensten Materialien in seinen Strudel, Unvereinbares wird in Bezug gesetzt, die Syntax trübt und verwirrt sich. Dann enthält der Band aber auch ein Poem wie *Das Erotische Pferd*, in dem erschreckende Begegnungen, »gefährliche Landschaften«, eine unheimlich-apokalyptische Atmosphäre eine andere, jedoch nicht minder surrealistische Sicht eröffnen. Dieser Blickrichtung folgt auch *Culoarul somnului (Der Korridor des Schlafes* – 1944): »Frauen auf diesen überschwemmten Feldern / elastische Frauen, düstere Frauen, / Frauen von Kristall und nächtlichem Wachs«; »schwarze Vorhänge die schwarzen Schmetterlinge der Hände / die schwarzen Kristalle der Brüste / der Spiegel zittert wenn alle Türen geschlossen sind / und wir warten daß die Gespenster erscheinen« usw.

Über die meisten Gedichte der Jahre 1940 bis 1947, vor allem über die später in dem Zyklus *Oglinda oarbă (Der blinde Spiegel)* zusammengefaßten, läßt sich sagen, daß ihre Thematik und die Sensibilität, die darin zutage tritt, sie als surrealistisch ausweisen, daß sich der Dichter jedoch beim Einsatz surrealistischer Elemente größtmögliche Freiheit herausnimmt: »wir werden uns / auch jetzt nach der Ursache fragen doch diesmal / wird die Ursache die Wirkung der letzten Ursache sein«, heißt es in einem der Gedichte. Diese aleatorische, dem Zufall und der Improvisation (im musikalischen Sinn) offene Verkettung von Ursache und Wirkung schließt jede Art von »dogmatischen« Projekten aus. Eine solche tiefere, dem »objektiven Zufall« unterworfene Einheit bestimmt die gesamte poetische Geographie des Gellu Naum. Er ist ständig auf der Suche nach den geheimen Verbindungen zwischen Gegenständen und Ereignissen: »mit einer Alge auf den Augen betrachtest du / die Schicksalslinien auf einer Hand ohne Linien« *(Verlorenes Korsett)*. Mit halluzinierender Wachheit werden die Dinge des Alltags in ihrer berauschenden Beweglichkeit in Augenschein genommen: »uns erwartet der luzide Blick der Schlafwandler // wir haben so lange geschlafen / daß uns der Brauch der Bewegungslosigkeit abhanden gekommen ist« *(Der violette Vogel)*. Durch Brüche und neue Fügungen von Bildern und Metonymien soll beim Leser gezielt eine »Bewußtseinskrise« ausgelöst werden.

Die Welt wird in einem »blinden Spiegel« reflektiert. (In einem der Prosastücke des Bandes *Teribilul interzis – Das verbotene Schreckliche*, 1945, schreibt Naum: »... der Dichter sieht besser, je mehr er erblindet«.) In diesem Spiegel löst sich die Wirklichkeit auf und setzt sich nach geheimen Regeln neu zusammen, wobei das Wort als Auslöser wirkt. Der willkürliche, unlogische Charakter der für die Beziehung zwischen Ich und Welt, zwischen Leser und Text verstörenden Assoziationen wird oft gerade durch die beharrliche Wiederholung eines Wortes gemildert, das eben die Grundsuggestion des Gedichtes enthält. Bei Gellu Naum findet die – um ein Wort von M. Riffaterre zu bemühen – »Semiose« nicht aufgrund eines gesicherten Signifikats statt, sondern im freien Spiel der Bedeutungen und Bedeutungsträger. Punktuelle Unstimmigkeiten und Widersprüche sollen den sprachlichen Ausdruck aus der eingefahrenen Bahn werfen und dem Gesamttext zu einer dynamischen Einheit verhelfen.

Das ganze dichterische Werk von Gelu Naum – nicht nur die Texte der Nachkriegszeit – ist ein Versuch, jene »beauté convulsive« (konvulsivische Schönheit) zu realisieren, von der Breton in *Nadja* gesprochen hat, wobei der Dichter sowohl ernste, elegisch-ängstliche, als auch groteske, sogar komische Register zu ziehen versteht. In manchen Gedichten wird der feierliche Sprachgestus fast unmerklich überzogen bis zur Beschwörung von Todesahnungen, tut sich aus banalem Anlaß ein ganzes »Spektrum gewalttätiger Beziehungen« auf *(Das Recht der letzten Nacht)*. In anderen, etwa der *Heimkehr des verlorenen Dichters* oder den *Zeremonien*, wird die innere Spannung des Subjekts unter dem realen Schock des Unbekannten mit scheinbarer Leichtigkeit überspielt; in den *Großen galanten Festen* trifft die Ironie, mit der die frivole Idylle betrachtet wird, auf das tiefempfundene Schaudern vor dem Schicksal, auf das Gefühl der Verletzlichkeit; häufig wird Situationskomik eingesetzt, humoristische und parodistische Schlenker (schwarzer Humor!), selbst die Abweichungen von der syntaktisch-morphologischen Norm, wirken einerseits komisch, vermitteln aber andererseits ein merkwürdiges Gefühl der Verunsicherung.

Bemerkenswert ist bei Gellu Naum die Konsequenz, mit der er an seinem ursprünglichen Poesieentwurf festgehalten hat – auch und vor allem dann, als der Gruppe rumänischer Surrealisten nach den bekannten politischen Umwälzungen 1947 sämtliche Tätigkeit untersagt wurde. Während andere Mitglieder der Bewegung (Gherasim Luca, Paul Paun, D. Trost) auf dem schnellsten Weg das Land verließen und sich wieder andere, wie Virgil Teodorescu, zu fatalen Zugeständnissen gegenüber den proletkultistischen Praktiken des »sozialistischen Realismus« bereit erklärten, ging Gellu Naum nach kurzem Innehalten weiter seinen Weg. Als 1968 seine Gedichtsammlung *Athanor* erscheint, läßt sich die nahtlose Kontinuität nachvollziehen. »Das Rascheln der Asche, das erloschene Gedächtnis des Feuers« im alten Ofen surrealistischer Alchimie erwacht zu neuem Leben, entfacht von einem Werk, das unvermindert Anstoß und Bewunderung erregt. Als polimorphe Visionen von unterschwelliger Kohärenz erscheinen die Bände *Copacul-animal* (*Der Tierbaum* – 1971), *Tatăl meu obosit* (*Mein müder Vater* – 1972), *Descrierea turnului* (*Die Beschreibung des Turmes* – 1975), *Partea cealaltă* (*Die andere Seite* – 1980), der »Rhoman« *Zenobia* (1985) und *Malul albastru* (*Das blaue Ufer* – 1990). In allem, was Gellu Naum schreibt, bleibt er der Dichter des »Übergangs zur anderen Seite der Gebärde«, dem die äußeren Zeichen der Welt, Gegenstände, Ereignisse und Sprache, in verwirrender Weise von einem »metaphysischen« Schatten »gedoppelt, von Grund auf zweideutig erscheinen. An der »großen Deskriptivgala« der Außenwelt nimmt der Dichter als Spielverderber teil, dem es in einsamer Selbstbeschränkung auf das Wesentliche darum geht, zu reden »über jenes verbannte Ding ... über das seltsam / Wohlbekannte das wir einsam zu tun pflegen«, wie es im *Tierbaum* heißt. So verteidigt er einen Raum innerer Freiheit gegen den Druck äußerer Mächte, die den existentiellen »Fertigkeiten« bis hin zur Trägheit hörig sind.

Bei einer aufmerksamen Lektüre stellt man zwar fest, daß jedes Buch für sich eine thematische Einheit bildet, alle Bände verbindet jedoch der Nonkonformismus, ob dieser nun gegen die Bewegungsunfähigkeit einer ganzen Gesellschaft *(Der Tierbaum)*, gegen die »bösartige Hygiene« der Erbgutvermittlung *(Mein müder Vater)* oder allgemein gegen die Todesangst, gegen die »Veränderung der Natur« der Dinge, gegen die unvermeidliche Rückbildung zum Elementaren gerichtet ist. Der Dichter ist im »Besitz über jeden Zweifel erhabener Regeln (Die Geschichte und die Melancholie)«, und von dieser Warte aus relativiert er aufgrund unablässiger Beobachtung der Veränderungen dieser Welt fortwährend seinen »pohetischen« Ansatz. Sein Text ist zu einem guten Teil Metasprache, das Ergebnis einer eigenwilligen Inszenierung des Diskurses. Das Schauspiel der rhetorischen Handhabung der surrealistischen Sprache erscheint als Teilstück des großen *theatrum mundi.* Man kann sich des Gefühls nicht erwehren, daß hier gerade das existentielle Mysterium, von dem die Rede ist, relativiert und die (eigenen) Möglichkeiten, es adäquat und effizient auszudrücken, (selbst)ironisch erkundet werden sollen. Etwas von der »theatralischen (und freudlosen) Nutzlosigkeit aller Dinge« (»l'inutilité théâtrale (et sans joie) de tout«), über die Jacques Vaché gesprochen hat, steht auch in den Texten von Gellu Naum mit ihrer metaphysischen, profund elegischen Ironie.

Das ist aber bei weitem nicht alles. Gellu Naum verfaßt Poesie und setzt sie der Trägheit der »Pohesie« entgegen. Dabei behauptet er seit einem halben Jahrhundert seinen Standpunkt im »Gebiet der großen nicht kommunizierbaren Evidenzen« und verfolgt von hier aus aufmerksam jede Entwicklung. So ist ein turbulentes und aufwühlendes Werk entstanden, das mehr Fragen enthält als Antworten – oder eben Antworten, die weitere Fragen in sich tragen. Wie alle große Poesie ist auch die von Gellu Naum eine Prüfung, der sich der Leser stellen muß – in »aktiver Erwartung«.

Paris, Juni 1993

Zu Gellu Naum

Gellu Naum wurde am 1. August 1915 in Bukarest geboren. Studium der Philosophie in Bukarest und Paris. 1938 bis 1939 Aufenthalt in Paris zusammen mit Gherasim Luca (geb. 1913); dort Kontakte zu den Surrealisten um André Breton und zu dem Maler Victor Brauner. Nach der Rückkehr Gründung einer Surrealistengruppe in Bukarest zusammen mit Luca, Paul Paun (geb. 1915), Dolfi Trost (1916–1966) und Virgil Teodorescu (geb. 1914). 1944–1947: Einzel- und Gemeinschaftspublikationen in ›Colecția suprarealistă‹ und im Verlag ›L'Infra-Noir‹; 1947 Verbot dieser surrealistischen Aktivitäten und Publikationen.

Buchveröffentlichungen:

Drumețul incendiar (1936, Der Brandwanderer. 3 Ill von Victor Brauner), *Libertatea de a dormi pe o frunte* (1937, Die Freiheit, auf einer Stirn zu schlafen; ill. von Victor Brauner), *Vasco de Gama* (1940, Vasco von Gama, Paris; ill. von J. Herold), *Culoarul somnului* (1944, Der Korridor des Schlafes; ill. von Victor Brauner), *Medium* (1945), *Critica mizeriei* (1945, Kritik der Misere; zusammen mit Paun und Teodorescu), *Teribilul interzis* (1945, Das verbotene Schreckliche), *Spectrul longevitatii. 122 cadavre* (1946, Das Spektrum der Langlebigkeit. 122 Kadaver; zusammen mit Teodorescu), *Castelul orbilor* (1946, Das Schloß der Blinden), *Eloge de Malhombra* (1947, zusammen mit Luca, Paun, Teodorescu, Trost), *L'Infra-Noir* (1947, zusammen mit Luca, Teodorescu, Paun, Trost).

Athanor (1968), *Poeme alese* (1979, Ausgewählte Gedichte; ill. von Victor Brauner), *Copacul-animal* (1971, Der Tierbaum), *Poetizați, poetizați* (1972, Poetisiert, poetisiert), *Tatăl meŭ obosit* (1972, Mein müder Vater), *Mon Père fatigué* (St. Nazaire 1983), *My tired Father* (San Francisco, 1983), *Descrierea turnului* (1975, Die Beschreibung des Turmes; 2 Ausgaben, zensuriert/unzensuriert), *Partea cealalta* (Die andere Seite, 1980), *Zenobia* (1985, dt. Klagenfurt 1990; gr. Athen 1993), *Malul albastru* (Das blaue Ufer, 1990).

In die deutsche Sprache wurden Gedichte Naums u. a. von Paul Celan sowie die Auswahl *Zähne von Worten zermalmt* (Bukarest 1983) von Anemone Latzina übersetzt, verschiedene Texte erschienen in: *Rumänische Avantgarde 1907–1947* (Leipzig 1988), in der von Otto Breicha herausgegebenen Zeitschrift »Ver Sacrum« (Wien 1966) sowie in der von H. Becker u. a. herausgegebenen Anthologie *Das surrealistische Gedicht* (Bochum 1985). 1990 erschien die autobiografische Prosa *Zenobia* (Wieser Verlag), übersetzt von Georg Aescht.

Neben Gedichten und Prosa verfaßte Naum Kinderbücher, Theaterstücke, Marionettenspiele und übersetzte aus der Weltliteratur ins Rumänische, z. B. Diderot, Beckett, Char, Kafka, Gracq u.a.
Gellu Naum lebt in Bukarest und Comana.

Inhalt

26.–